U0039211

GOBOOKS
& SITAK
GROUP©

匿名故事區

匿名用戶　著

高寶書版集團

——問你一個問題……

——愛過。

——請說出三條支撐你活下去的理由。

——我胡三六條，六條讓人槓了。

目錄
CONTENTS

目錄
CONTENTS

── 問你一個問題……

── 愛過。

和成熟女人談戀愛是怎樣的體驗

她說：「不用了，謝謝，請轉告他，我以後不會再來。」

講講我的前女友吧，各位權當聽個故事。

我有個親戚跟她在同一間公司上班，提起她來總是讚不絕口，用詞大概就是又乖又甜，「是長輩比較喜歡的女孩子類型」，只是那時候我還沒見過她。

第一次見她是在我去她的公司接親戚吃飯的時候。那天輪到她在一樓值班，我站在門口等電梯，這期間不曉得別人跟她說了什麼，她忽然從電腦後面抬起頭嫣然一笑，我呆了一下，心想「春風再美也比不過你的笑」大概就是這樣的感覺吧。

我向親戚要了她的電話號碼，約她吃飯，跟她聊天。她不嬌氣，約會從不遲到，不賣弄學識，也不裝傻，我跟她在一起聊天總是很愉快。她不會炫耀自己懂得多少或者擁有什麼，也不會刻意向你展示她的圈子和資源。據我瞭解，她的親叔叔是她們公司的「一把手」，她爸爸媽媽在各自的行業都頗有名氣，但她的同事朋友們很少有人知道這些。同事提起她來，總是用「那個特別有禮貌的小美女」來稱呼，朋友提起她來也都是用「有點小傲嬌但是很講義氣」這樣的褒義詞。

她長得好看，參加國際會議的時候，外賓會主動要求與她合影；我陪她逛街，照相館會問，能不能為她拍張照放在櫥窗。親戚告訴過我一個關於她的小故事：有一次她所在的部門把事情搞砸，從部門負責人到辦事員一個個被分支部門主管瘋狂批評。最後喊她進去的時候，分支部門主管就只吩咐她倒了杯茶，說：「罵了一整天人，看到你笑一笑，心情會好點。」

她並不是所謂的「熟女」、「御姐」，恰恰相反，大部分異性跟她相處，會不自覺地拿她當小孩子，不知不覺地哄起她來。但是在我們戀愛期間，她從不跟其他異性搞曖昧。我們可以互換所有社交帳號的密碼，有時候有異性朋友單獨約她，她也會得體地拒絕而不讓人感到尷尬。

她從不對我發脾氣。平日裡我們各自忙工作，她既不會黏我，也不會「奪命連環call」或者不斷傳訊息給我。我在跟朋友看球賽、玩遊戲的時候，她就會幫我們買好吃好喝的，自己回房間看書或者看電影。有時候我回到房間看見她已經睡著了，我自己心裡反而內疚得不行。平時我們之間有什麼衝突她也不會跟我爭吵，只會自己憋著，直到我主動去問，她才會用軟軟的語氣解釋幾句，讓我覺得一切都是我自己的錯。

平日裡我帶她跟朋友一起出去玩，她從不會搶著出風頭。但是我見過她既能跟喜歡凸顯自己格調的朋友聊《彗星來的那一夜》、《四百擊》之類的文藝電影，也能跟大家一起大談「漫威大法好」。我帶她去參加有長輩或者主管出席的酒席，她會表現得舉止得體；我們跟狐朋狗友一起去吃路邊攤燒烤，她也吃得津津有味。有一次我問她：「老婆，你比XXX的女朋友漂亮、聰明多了，看她那麼囂張你不生氣嗎？」她就笑笑說：「反正還不是你們男人的主場，你倒是自己爭氣啊。」

日常生活中，她把每件事都安排得特別清晰有條理：家裡收拾得舒適乾淨，布置得簡單清爽；每天早上六點起床跑步，偶爾平板支撐都能勝過我。

她每天晚睡早起，生活上對自己甚為嚴苛；她很善良，常常把零錢留給馬路邊乞討的人。我開玩笑地說：「或許這個人比你有錢。」但她會說：「我可以透過別的辦法去賺錢，但是他們如果不是走投無路，誰也不會選擇乞討吧。」

我無言以對。

她的字寫得特別漂亮，書桌上的相框裡放著她不知何時寫的一幅小楷，內容是蘇軾的一句詞：「竹杖芒鞋輕勝馬，誰怕？一蓑煙雨任平生。」她對此從不炫耀，但會認認真真地手寫新年賀卡給幾位老朋友。本地新鮮點心上市時，她會一一寄給老朋友們。跟我在一起後，她寄點心也會加上我朋友的份。

—— 問你一個問題……

—— 愛過。

我覺得她成熟，並不是說她的年紀大（她才剛過二十六歲），也不是她身上帶有人們印象中的成熟女性所謂「有閱歷」的標籤，而是源於她那種「潤物細無聲」的處事風格帶給別人的舒適感。她從不逼我上進、努力，但是跟她在一起時，我就是會不自覺地上進、努力；她不會主動告訴我什麼是更好的樣子，但我會願意為了她讓自己更好。

即使如此，你也從不會覺得她是有經驗的「過來人」，反而覺得她像個有點清高，也有點孤單的小孩子。

她這麼好，為什麼會成了我的「前女友」？

事情發生在去年春節前，我請幾位長輩去一家新開的餐廳吃飯。中途有個服務生過來找她，告知她我們今天的這一餐免費了，不僅如此，以後只要是她到這邊來吃飯，只要向服務生報她的手機號碼，都可以免費。我看到她把服務生叫到我們背後，小聲詢問原因。服務生說，是他們老闆交代的。她再追問老闆是誰，服務生小聲地說了一個姓。剎那間，我第一次在她的臉上見到那樣的表情。我不知該如何描述，反正是我從沒見過的樣子。只見她把錢交給服務生，輕輕地說了句：「不用了，謝謝。請轉告他，我以後不會再來。」隨即拿起包走出了餐廳。

她從來不出錯，而這次卻連給長輩們一個離開的解釋都忘了。

飯後我送大家出去時，順便去櫃台看了一眼。營業執照的註冊法人寫的是「X平生」。我瞬間懂了。

因為她不愛你，所以她從不出錯。

你覺得你的伴侶不成熟、愛鬧小脾氣、黏人，那是因為她足夠愛你。不管她表面上多成熟，在愛人面前總會是一個有點蠢、有點呆、有點情緒化的少女。

我們和平分手。我問她還愛前任嗎，她淡淡地說：「愛呀。」我問她愛我嗎，她笑，沒吭聲。我又問她當時為什麼會選擇我，她說：「因為我爸媽喜歡你。」

坦白成這樣，我真的連發火都發不出來，只覺得自己心裡空蕩蕩的。

她聰明成熟，所以看得穿我喜歡什麼、需要什麼，於是就按照她心裡已經擬好的劇本去「表演」，因為不走心、不動情，所以不會出錯……在我面前的她大概一直以來就是這樣的狀態吧。

我還是希望自己能找到一個在我面前「有點蠢、有點笨、有點痴」的女生，而她跟我演了這麼久的恩愛情侶，大概也很累了。

我祝她幸福。

一個女人若真的愛你，不論她再怎麼「成熟」，她的情緒都會有波動、有起伏。她會試圖爭奪你的精力、時間、注意力；會跟你交流分享她的喜怒哀樂；會因為細枝末節的事罵你；會對你無理取鬧。而她的這些極其「少女式」的行為，才是兩個人相愛的珍貴之處。

當然，並不是所有的「成熟女人」都不會真心愛你。其實我想表達的是，愛的感覺是相互的，是流動的。有時候你換個角度去思考，就能夠理解她的想法。

希望大家都能找到自己的幸福。

—— 問你一個問題……

—— 愛過。

合租一年的女室友突然問我「喝酒嗎？」

這歲月，靜好到讓我覺得那一年的合租，和那一句「喝酒嗎？」都不是真的。

這是一段塵封已久的往事。

二〇〇八年，我十九歲。剛剛在異國他鄉上了半年大學，打算租房。

我去和租房仲介見面時，發現他旁邊還跟著個女生。我不知道她是誰，她也不明白為什麼多了一個人來看房。仲介解釋說，他手上有一個雙臥室的房子整間出租，房東急出，租金低，而且私下還會多給仲介佣金，所以他強烈建議我們合租，只簽一份合約，這樣雙贏。想到兩個人分攤下來的房租比各自單租一間真的高不了多少，且又能擁有廚房、客廳等額外空間，我們都有點動心。只是初次見面，我們尚不清楚對方到底是個怎樣的人。仲介也明白我們的顧慮，一邊帶我們看看房間，一邊叫我們互相聊聊。

初次見面，我便覺得她有些孤傲——雖然長得很漂亮，表情卻不帶一點笑意。我見她穿著一身運動短袖短褲，便順口問她是在上學還是工作。她卻只是告訴我，她作息規

—— 問你一個問題……

—— 愛過。

律，不會晝夜顛倒，還說希望我也作息規律。我問她是否介意我爸媽可能會在假期過來看我，用水用電會多一點。她說，不介意我的家長來，但如果是女朋友來就會介意，最討厭「情侶噪音」。我告訴她，我連初戀都還沒有過。她又說，以後就算有了也不能擠進來，你們可以換個房子租。我同意了她所有的條件。

就這樣，我們成了室友。

處在同一個屋簷下，我們的日常生活很平靜。我對她的瞭解，都是側面的、零星瑣碎的。比如從簽訂合約時提供的證件影本上，我瞭解到她比我大七歲（起初我還不敢相信，明明她看起來和我差不多大啊）；從她晾的幾件衣服上，我看到了她所在公司的名字；從那扇總是關著的門裡面傳出來的聲音中，我聽出來她有一個男朋友且人在國內。他們常常會視訊聊天，有時候一起笑，有時候會爭吵。

彼時剛剛出國留學的我，外語講得還不好，跟周圍人幾乎是「零交流」，她就是我在異國他鄉唯一的心理依靠。我承認我對她有過各種幻想甚至「邪念」，但這些念頭都僅僅停留在大腦裡。她是個高傲的美女姐姐，我只是個平凡內向、雖偶爾也有些「悶騷」卻十分愛面子的窮學生。對那些我自認為高攀不上、撩不動的女生，我從不嘗試主動結交，免得在碰了釘子後感到丟臉。

我和她第一次近距離的接觸發生在合租半年之後。有一天晚上，我接到她的電話，叫我去她的房間。我進去一看，她虛弱地躺在床上，發著高燒，問我能不能幫忙燒點水，再幫她把從國內帶來的退燒藥翻出來。在一頓手忙腳亂之後，我扶她起來喝藥。她的背靠在我肩上，我的心跳得厲害，不禁萌生出一股衝動……

然而現實中，我還是老老實實地扶她躺下，關上門退了出去……

她請了病假在家，我便蹺了三天課陪她。在這三天裡，學校有兩個計入期末總成績的測驗，我毅然決然沒有去。我也沒仔細想過值不值得，就是覺得「管不了那麼多了」，每天沉浸在燒水、餵藥、打包快餐，以及在她不疲憊的情況下陪她聊一下天之類的日常小事當中，這大概是一種停留在青春懵懂歲月裡的滿足感……

自那幾日之後，我們便熟絡了起來。每天晚上她下班回來，只要不和爸媽或者男朋友開視訊，就會找我聊聊天。而我也會趕在每天上午或者下午沒課的時候，抓緊時間跟我爸媽聊天，只為了把晚上的時間全部空出來等她……

在我的內心深處，對她的感情已經超越了普通朋友的關係。但在現實中，我知道我們不可能。

直到某天晚上，一切都發生了改變。

那晚，她突然來敲我房門並大聲問我：「小鬼，喝酒嗎？」我驚訝地說可以，她又說：「那你去買啊！」

—— 問你一個問題……
—— 愛過。

我匆匆跑去樓下買酒，不知道她喜歡喝哪種，我便買了好多牌子的啤酒，還買了一瓶紅酒。回去她看到我，又說：「準備乾喝啊？」

沒等我反應過來，她接著說：「乾喝就乾喝。」於是，我們就盤起腿坐在她的床上，把剛買的啤酒紅酒擺了一桌子，開始一邊喝酒，一邊聽她向我傾訴。原來之前她和男友一起從這邊的大學畢業，她找到工作留了下來，而她男友卻更想回國發展。他們是高中同學，考大學之後在一起，到現在已經七年了。「七年之癢」名不虛傳，「癢」到他們最終分手了——再好的感情也終究沒能戰勝距離。

說到最後，她就只是一直流眼淚，我們默默地一起喝完了所有的酒。

我很清楚當時的自己沒有爛醉，沒有「斷片」，而是被興奮和衝動占據了頭腦。耳邊彷彿只有一個聲音：「管他的，能怎麼樣？」身體不受控制地直接湊過去親了她。她當然試圖抵抗，我當然也沒有被推開。我反過去推她，她沒有抗拒，輕而易舉便被推倒了……

第二天醒來後，我發現自己對她的感覺陷入了一種奇怪的狀態。我不知道自己在她面前是該裝作什麼事都沒有發生，還是要嘗試正式確立一下情侶關係。

自此之後，我看到她的機會越來越少。她下了班總是像風一樣地躲進自己的房間裡不出來。我幾次嘗試敲門，或者站在門外隨便找點話題聊天，卻始終得不到她的回應。我鼓起勇氣問她喝酒嗎，得到的回覆也是「不喝！」她上一次喝酒，也成了我們之間唯一的一次坦誠。

租約滿一年的時候，她沒有續租，搬走的時候也沒有找我幫忙。我鼓起勇氣做最後的掙扎，當面向她表白，得到的回覆是「對不起，你比我小太多了，我們不適合」。

我說：「別把我當成小弟弟好嗎？我不介意年齡差距。」

她說：「對不起，我介意。」

之後她就消失了。

三年後，我換了智慧型手機，有了微信，突然想搜一下她的電話號碼試試——竟然真的搜到了她，我們還互加了好友。就在我猶豫以什麼話題先開口時，她先說話了，邀請我抽空去她家裡坐坐。我按照她提供的地址找到了她家，開門的卻是她爸媽。她解釋說自己剛剛買了房子，請父母過來住一段時間。同時一隻男人的手伸了過來，緊緊地跟我握了一下，是她丈夫。她挽著丈夫的另一隻胳膊對我笑著，三十歲的臉龐，看上去還是那麼青春、甜美。

她叫我留下來吃飯，還跟家人講了好多我們合租時候的故事，說我這個小弟弟特別貼心，特別會照顧她之類，唯獨沒有提到我聽她傾訴的那一晚。我在心裡默默傷感，可能我永遠只能是她所謂的「小弟弟」了吧。

—— 問你一個問題……

—— 愛過。

待飯菜上桌，她問我：「喝酒嗎？」

她老公也連忙說：「家裡有啤酒、紅酒，你平時喜歡喝什麼？」我突然心頭一顫，彷彿整個人穿越回到那個晚上，但又立刻被拉了回來。

我說：「不喝了吧，我胃不好，醫生要我別喝酒……」

就讓我和她喝酒的回憶，只保留在那唯一也是最美好的一夜吧。

此後，我們便不約而同地保持著疏遠的關係。我知道，那個祕密要藏好才不會影響她現在的生活。而我，也藏著那個祕密開始了我接下來的生活。這些年來，我們的動態偶爾會出現在對方的朋友圈裡，她知道我結婚了，我知道她有了個可愛的女兒。

歲月靜好，或者說歲月各自靜好，靜好到我覺得那一年的合租，和那一句「喝酒嗎？」都不是真實的，而是多次出現在我夢裡的場景，被我誤以為發生過。

續一

我們當時租屋所在的那條路叫「XLOCK」，最後的四個字母「lock」中文涵義有「鎖住」的意思，我曾經幾次跟她開玩笑說：「看我哪天能『lock』你。」她總是笑笑不接話，不知道她是真的沒有聽懂，還是不想被我「鎖住」。

續二

其實那晚我從便利商店買了酒，再到進她房間，始終不明所以，不知道她為什麼突然要喝酒。

打開第一罐，她開始很平靜地講她和她男友的事，講他們由異地戀產生的種種爭執，整個過程像在講別人的故事一樣平靜。直到講他們剛剛分手了，她的眼淚才像泉水一樣止不住地一直往外湧。面對此情此景，我的大腦開始在「遞張紙巾」和「借個肩膀」之間艱難抉擇，最終令人惋惜地選擇了前者……

故事講完，牢騷發完，酒才喝完一半。她默默地哭，我就默默地遞紙巾……我看著她紅紅的眼睛，好想把她的臉捧在手裡，但就是不敢，連借個肩膀都不敢。那時候我心裡還幼稚地想著，可能把酒喝光了膽子就夠大了吧？便開始埋頭快速喝酒……她還擔心我喝得太快，問我：「我這還有袋從國內帶來的熱乾麵你要不要吃？」我堅決地說：「不吃了，你說乾喝，就乾喝。」其實這時候，我心裡已經在期盼著喝多了能不能發生點什麼。

結果酒快喝完時她說：「挺晚了要不你回去睡吧？」我突然覺得，完了，再不行動就來不及了，於是直接湊上去親吻了她。她應該是害羞和猶豫了很長時間，一直嘗試推我，但是卻沒有生氣。於是我抱得更緊了，好長時間之後才感覺到她不再用力抵抗。

—— 問你一個問題……

—— 愛過。

我的征服欲到達了頂點。

我像是一個第一次登台演唱的歌手，以前學習的理論和看過的教學影片都在腦海裡閃現，卻因為不知道該把哪些理論應用起來而顯得有些慌亂。

音樂響起，前奏部分我的台風還算合格，我唯一的聽眾也被我帶入了情境。結果剛進到主歌部分就不太順利了，主要是節奏不好，有時太快，有時又太慢，調來調去把自己唱累了，為了面子還得咬牙堅持。最後，還是這位熱情又內行的聽眾急躁地一掌把我推倒，一路帶著我把控節奏，我竟然被她帶入了情境。我的眼前出現了一片草原，她是草原上一個酷酷的騎手，而我，就是隨她馳騁的那匹小馬……

現在回想起來，雖然全程是她帶著我，但是最終進入副歌部分的，可能只有我自己……

時光不能倒退，有些往事真是不好意思回味。

續三

我來整理一下整件事的時間軸。前面提到過，我們合租半年左右才熟悉起來，而喝酒那晚發生在第十一個月，又一個月後房租到期，她立刻就搬走了。

接下來寫點流水帳，就是我們在開始熟悉與喝酒之間的那五個月的一些點滴。

有段時間外面打包的飯吃膩了，她開始嘗試自己做飯，並邀請我陪吃，我欣然領命。她每天下班時間是七點半左右，於是每到週三週四便苦了我——連續兩天中午十二點到下午四點有課，十一點左右吃過午飯後，下一頓就得等到晚上八點多。說實話，我真的是在靠毅力堅持著……我也嘗試過下午四點下課在學校吃點東西再回來，結果等到晚上八點多她的飯做好了，我卻不餓了。吃得少又怕她失落，只能再靠毅力硬撐著……

總而言之，我堅持要陪她吃飯，因為她下班路上經常會買兩杯珍珠奶茶之類的飲料，我們可以一邊吃飯一邊喝。而每次喝到一半時，她就會跟我說，「哎，我倆換換嘗嘗」，然後一把把我喝的那杯搶過去，吸管都不換。我也趕快把她的那半杯拿過來，把她用過的吸管咬在嘴裡。每天到了這個環節，我都會心跳加速，這種感覺就像在間接接吻，甜美異常。

我們偶爾還會一起逛街（當然是我死皮賴臉要跟著她，以幫她拎包為藉口）。逛累了去吃聖代，也總是要不同口味的，吃到一半便連著木勺一起交換。每當這時，我又會心跳加速，幻想接吻，感覺勺子比聖代還甜……

那時我們學校的音樂社團拉了一個音樂電台贊助，邀請了一些歌手來學校開演唱會。張震嶽來的那場，我買到了票，邀請了她。演唱會的謝幕曲《再見》引發全場合唱：「我怕我沒有機會，跟你說一聲再見，因為也許就再也見不到你……」唉，真是巧，兩個多月後，我果然沒有機會說出那句「再見」，我們的劇情也就那樣謝幕了，再見時已是三年以後……

後來我們學校辦過一次晚會，我報名唱了一首歌，用了《再見》的旋律，我自己填上了英文歌詞：

Looking around this lovely place,
Looking around this lovely face,
Feeling around the happy time flies every day...

回響還不錯，好多人驚嘆道：「沒想到你那英文水平，寫英文歌詞還能押韻！」還有好多人說產生共鳴了，覺得我唱的是校園裡美麗的環境、同學美好的面孔和青春美好的時光。其實沒人知道，我寫的是她，是我們合租的那個 lovely place，是她那張 lovely face，和我的青春裡珍藏的 happy time。

而這首歌，她沒聽過，直到現在。

續四

剛開始我寫這篇回覆時還心存幻想，想著她有沒有可能看到？結果只用了一個月左右的時間就獲得了一萬多個讚，但依然沒有她的回音。

我覺得不用浪費時間幻想了，便直接把連結發給她，主動腆著臉讓她讀了一下。我還是特意在白天她上班的時間發的，如果她不想讓家人看到我發的內容，回家之前就可以刪掉。

當時我就計劃好了，只要她回覆我，傳達了她的任何感受，我都會貼過來作為這篇文章的結尾。但我沒想到的是，她寫了好長好長的回覆，而且寫了好幾件連我也是第一次知道的事……我覺得這不僅是個感想和結尾了，應該可以算作大爆料！

我就直接把聊天紀錄發出來吧（已獲對方准許），也代表我這個「又臭又長」的故事澈底完結了……

那些青春過往，就請安靜地留在青春歲月裡吧！

〈 匿名區（2）

昨天看完了你的文章，我還跑到廁所裡哭了一會兒……到了現在的年紀，感覺提起青春都是奢侈而遙遠的，結果竟然被你逼著重新回憶了一遍……好多感慨啊……
幸好，就像你的文章所説，我們的歲月各自靜好，這樣我才坦然，覺得當初不管發生了什麼，都沒有影響我們的生活。

本來我們團隊今天全體加班準備趕個東西，結果我偷偷在電腦前面寫了一個多小時回憶錄，都是拜你所賜啊……原本想著我自己也回答一下那個問題算了，但是發現下面已經有一萬多個回答了，我發點什麼肯定也沉了，還不如直接發給你！

那時候你覺得我高冷，我也覺得你高冷，每個月水電費帳單都是你下載了發郵件給我，我再轉帳給你……連這種可以當作正當交流的理由，我們都沒有好好利用，浪費了可以多做半年好朋友的時間。

〈 匿名區（2）

後來我們互相瞭解以後，那種朝夕相處的日子真的讓我造成了一點錯覺。我有時會偷偷地想，如果那個遠在國內、不願意過來找我、隔幾天視訊通話還會吵架的人能定義為男朋友的話，那這個生病了照顧我、陪我逛街看演唱會、吃飯洗碗無話不説的人，竟然只能定義為普通朋友嗎？但這也只是我偷偷想想而已，我那時候一直堅定地提醒自己，我的男朋友是我的初戀，我想成為一個初戀就能走到最後的人。而我們之間異地的衝突，假以時日一定能解決的。

所以最後當男友提出分手時，我還央求他不要這麼輕易放棄，我都沒想到我會乞求他。當他堅定地告訴我就是要分手的時候，我是遺憾、絕望的。我衝出房間，喊你喝酒，就是一時衝動和生氣，想找你傾訴一下。
但是我現在敢大膽承認，你強吻我的時候，我沒有生氣，也最終決定放棄抵抗，腦袋裡閃現出「給你換個角色」的想法。再加上剛分手，有很大的消極情緒和報復心理，就發生了後面的事。

〈 匿名區（2）

在我的記憶裡，好像不是那晚過後的第二天就不理你了。其實那晚我整晚沒睡，一直在想不然就跟你在一起吧。第二天我打電話給我爸媽，告訴他們我分手了，也旁敲側擊地問了一下，如果有個比我小五歲（我都沒敢說小七歲）的男生喜歡我怎麼辦？他們很堅決地告訴我，先不要隨便做決定，不要因為分手賭氣就立刻再找男朋友。另外，他們更堅決地告訴我，小五歲他們無法接受，還試圖勸我說，小五歲，以後交流起來可能有代溝，未來就是我先老了男的還年輕……

所以我猶豫了幾天，決定聽爸媽的意見去試一下。當我故意不見你、不理你，故意讓我們的生活沒有交集之後，發現自己也是可以生活的，你好像也恢復了正常似的。所以我就冷靜下來，決定不要耽誤你了。畢竟你比我小了七歲呀，一定會找到年齡相仿的好女孩的。就這樣，我又開始了看房生涯，很快就搬出了你的生活。

< 匿名區（2）

最後說一下我老公吧。你能相信嗎？還是那個人。他最終決定為了我放棄國內的工作，過來找我。因為突然來到英語環境的國家，他很不適應，大學專業知識根本用不上，只能去那些私人學校和 Training centre 教中文。他也承受了很大的心理壓力，犧牲了很多。想想我們當時最主要的衝突就是因為異地，當異地問題解決了之後，我們和好了，一直到現在結婚生子，生活過得很安穩。但就是因為我跟我老公兜兜轉轉，中間分過手，我實在沒有勇氣跟他正式提起你。那一晚的事情在我看來，有一種好像偷偷出軌了一次的奇怪感覺。有時候想，如果在你們兩個之後，我又跟另外的人在一起了，至少我可以把你算作第二任男友，講給現任聽吧……所以我們曾經的那幾個月真的只能是我一輩子的祕密了。再跟你說一次，千萬不能暴露別的訊息了！可能當我老了或者是臨死前，會跟我老公講起這段故事吧……
這就是全部我想說的了，再次借用你的那句話，歲月靜好。祝你，祝我，歲月永遠各自靜好吧！

〈 匿名區（2）

看完了……現在輪到我有點想哭的感覺了……其實我當時寫這個帖子的時候，就是單純地紀念一下青春，洋洋灑灑地按照我的記憶視角就寫了。我也完全沒有想到從你的角度來看，還有這麼多我不知道的故事……

每次在朋友圈裡看到你過得很開心，我也很開心。其實我跟我老婆的日子也是挺不錯的，就像你說的，我們都好，才能有資格、有膽量去回憶和懷念一下過去。
你寫了這麼多，也終於讓我弄清楚了一些這麼多年都沒能解開的心結。我現在終於知道你為什麼突然不理我又很快「消失」了！最後說句對不起你老公和我老婆的話，當我是開玩笑吧——如果真能穿越回去，或者有平行空間什麼的，我希望你有膽量不聽爸媽的意見，跟我試一下……

如果是眼前這個人的話

小紙條裡是她生前寫下的話：「有時候想想，自己結婚後，要一輩子面對同一個人，真的很可怕。但如果是眼前的這個人的話，我願意賭一下！」

晚上十二點多，整棟大樓空無一人，顯得格外安靜。我驅車回公司拿了點資料，關了辦公室的電腦和燈，搭電梯下到一樓，走出公司大門，上車發動引擎準備回家。引擎的轟鳴聲甚是好聽，這輛車似乎也是我這幾年來最值得驕傲的成果之一（說來也可笑）。一般到這個時間，通往我家的那條路就沒什麼車了。車裡開著廣播，正播放的是蘇打綠的《我好想你》，我本來對蘇打綠的歌無感，這次卻對這首歌的歌詞動了心。

回到家，我順手開了燈。燈亮的瞬間，腦海中閃過剛剛聽到的一句歌詞：「開了燈眼前的模樣，偌大的房，寂寞的床。」不過這次寂寞的不只是床，還有那隻飢餓的貓。原本以為牠會慵懶地躺在沙發上睡覺，但牠卻跑到我腳邊撒嬌般地蹭來蹭去。一天沒吃東西了，牠是真的餓了！

—— 問你一個問題……

—— 愛過。

我把牠抱到陽台吃東西，正看到放在陽台陰暗角落裡的那盆「銀皇后」很不開心的樣子。也是，一整天都沒澆水了，本來每天早上出門以前一定會記得澆水的，但今天早上有事走得急，竟然神奇地給忘了。我看過一部電影叫《終極追殺令》，裡面的殺手里昂的形象深入我心。我倒不是羨慕里昂，只是對里昂的生活方式很是認同。自此我便學他養起了盆栽，想著每天給自己一點希望也是好的。

至於那隻貓，不是我的，是她走了之後留下的。

那年我孤身一人來到這個陌生的城市打拚，某個深夜，我和一個剛認識的哥兒們去酒吧喝酒，後來哥兒們有事先走了，我一個人還在那裡喝悶酒。直到凌晨兩點我喝得爛醉，才踉踉蹌蹌走出酒吧，扶著某條街的某座路燈嘔吐不止，最終倒在了那裡。

就在這時，恍惚間我眼前閃現了一個白色倩影，她好像在呼喚我。我還以為是《神雕俠侶》裡的小龍女姐姐在叫我，但我一直沒有醒，直到第二天早上九點才醒過來。醒來後我頭痛欲裂，猛然發現自己躺在一間陌生出租房屋的沙發上。我下意識地摸了摸後腰，還以為自己被販賣器官的集團打了麻醉劑取了器官，不過是我多慮了。

緩過神後，我被左邊牆上一幅題為《面朝大海，春暖花開》的畫所吸引。我走過去出神地看著這幅畫，畫面上的大海很奇妙，沙灘上有一位揮舞著白色絲巾的女孩在奔跑。就在此時，從內屋出來一位穿著一身潔白長裙的女孩，她似乎就是我昨晚夢中出現的女子，只是後面還跟著一個十幾歲的小女生。

我和她對視了一會兒，她見我面露疑惑，急忙解釋道：「你終於醒了，昨晚凌晨兩點我去火車站接妹妹，剛好路過火車站後面的那條街，在街盡頭的路燈下見你倒在那裡，怎麼叫都不醒，昏昏沉沉的。當時我和妹妹好不容易把你扶上了計程車，並帶到了這裡。」

我回過神對她說：「真不好意思，給你添麻煩了。真的特別感謝你，我昨晚喝了太多酒，朋友先走了，然後我……」還沒等我說完，她打斷了我：「好吧，我不想知道原因，你還是先過來吃早餐吧，我剛下樓買的熱豆漿和包子。」話說當時我也是臉皮厚，竟然真的好意思留下來吃早餐。吃早餐的時候，問她昨晚我有沒有弄髒她的房間，她說我回來後一躺下就睡著了，並沒有再嘔吐。

後來我們聊到了各自的工作，原來她叫琳兒，是這座城市一家醫院的護士，也是從外省來的，到這裡工作兩年了。我問她為什麼半夜要幫助一個喝得爛醉如泥的陌生男子，就不怕是個壞人嗎？她講了個故事給我聽：「小時候，我有一次跟著母親外出走丟了，一個好心人整整花了兩天的時間才幫我找回母親。母親後來準備籌錢答謝她，被她拒絕了。母親經常跟我提起此事，我想是在提醒我什麼，所以我一直銘記在心，再加上出門在外誰都不容易，既然遇見了就伸手幫一下。」

——問你一個問題⋯⋯

——愛過。

接著，她又笑著補充道：「更何況你看起來也不像壞人，一身西裝革履，一看就知道是個城市小白領。又加上喝得爛醉，你能幹出什麼壞事？」這時她妹妹笑著補了一句：「其實我姐是看你長得帥才拉你回家的！」她向她妹妹使了使眼色叫她別胡說，說完，臉漲得通紅，下顎靠近頸脖處泛出一片淡淡的紅暈，甚是好看！當時我看著她，也在旁邊傻笑，心裡暗自感嘆，我真的遇上了一個好女孩，這是上天賜予我的，我要好好珍惜。

我來這個城市有兩年了，遇見的女生也不少，但從來沒有像她那樣純潔善良的。我時常深情地望著琳兒的雙眸，她的眼睛清澈透明，懷揣著對世界的善意。

「確認過眼神，我遇上對的人。」那一年琳兒二十三歲，我二十六歲。

吃完早餐後，我接到了一起去酒吧那位哥兒們的電話，他問我為什麼手機一直沒人接，以為我出什麼事了，還說有事找我。要跟琳兒道別了。我問琳兒的手機號碼，琳兒卻不肯告訴我，理由很簡單：我如果僅僅為了感謝她，真的沒必要留手機號碼，只要記在心裡就好。

其實我能聽出來她說這話時心裡的不捨，幸好她有個機靈的妹妹悅兒，似乎看出了她姐姐的心事。悅兒在我出門時塞給我一張記有她姐姐手機號碼的小紙條，還故意跟她姐姐說：「姐，你晚上是要帶我去看電影吧？」然後我接話道：「琳兒，為了答謝你們，晚上我請你們姐妹倆吃飯，吃完飯我們去看電影。我有車，晚上六點來接你們，就這樣定了！」妹妹滿口答應，笑得可開心了！琳兒看起來很無奈，好像妹妹出賣了她似的。

晚上六點我如約而至，這次出門前我稍微打扮了自己，特意找出了那件多年未穿的紫色襯衫，這可是我最拿得出手的一件上衣。我撥通了琳兒的電話叫她下來，這次，琳兒換了一條粉色長裙。在一樓樓梯口，我看見琳兒好像在數落悅兒，看來她已經知道悅兒出賣了她。看到此情此景，我傻笑了一番。

在車上，我從後視鏡看到坐在後座的琳兒有點緊張，悅兒卻顯得很不高興的樣子。我對琳兒說：「你就別怪悅兒了，是我叫她寫的字條。」然後琳兒勉強笑了笑，說她並沒有責怪悅兒。琳兒叫我不要去太高級的地方，她們姐妹倆吃不慣，於是我們就很隨意地吃了一頓飯。

來到電影院落座後，琳兒有些心不在焉，過程中去洗手間接了好幾個電話，回來時顯得心事重重的。後來我聽悅兒說，是她們的父母打來的電話。她們姐妹倆來自農村，家裡也只有這兩個女兒。父親患有高血壓和類風濕性關節炎，做不了粗重的工作，母親的左眼因手術失敗而失明。琳兒大專畢業後，家裡的重擔就落到了她身上。琳兒每個月薪水並不高，但還要將一半以上都寄回家補貼家用，正在讀高中的悅兒的生活費也要她負責。所以琳兒一直抗拒找男朋友，也是這個原因。平日裡兩姐妹的關係特別好，姐姐有什麼事都會告訴妹妹。

聽著聽著，我的眼淚開始不受控制地在眼眶裡打轉。我暗暗在心裡發誓，一定要給這個女孩幸福，琳兒就是我這一生要守護的天使。琳兒從洗手間出來後告訴我和悅兒，她同事今晚想和她換班，說完就急匆匆地要走。我請求送她過去，她說她自己會叫計程車，並叫我看完電影把悅兒送回家去。

琳兒是個很難追的女孩，因為她心裡始終抗拒戀愛。即使她對男生動了真心，也能保持克制。

她是個護士，每個星期的上班時間取決於護士長的排班，她們值班一般是三班，有時她會被安排在夜班，夜班一般是從晚上十點到隔天早上六點。在追琳兒那段時間，我從悅兒那得知琳兒喜歡吃紅棗蓮子羹，於是每次琳兒值夜班時，我都會在家煮好蓮子羹帶過去給她喝。剛開始琳兒是拒絕的，她叫我不要在她上班期間找她，還叫我以後不要再來了，但漸漸地她也接受了。琳兒後來跟我說，在我追她的那半年裡，她的同事經常問我是誰，為什麼對她那麼好，她只好說是表哥。可時間長了，她們也就看懂一二了。

琳兒在醫院是一個非常稱職的護士，跟同事關係也很好。我曾聽她一個同事說，琳兒不僅長得很漂亮，而且人也很好。每次只要有同事打電話請求跟她換班，她都會欣然同意。在我追琳兒期間，她的同事也幫忙撮合。後來我如願以償地追到了琳兒，她親口答應做我女朋友。那一刻，我感覺自己是這個世界上最幸福的人。

後來又過了半年，我要琳兒搬出了那間破舊的租屋跟我一起住，並特地為她預留了一個房間。我還把房間的主色調布置成粉紅色，右邊放置的依次是衣櫥、梳妝台和書桌。琳兒非常喜歡。再後來，我叫她乾脆辭了護士的工作，在家好好休息，又擔心她一個人在家會很無聊。我知道琳兒特別喜歡畫畫，所以就偷偷買好了畫板和畫筆，放在陽台一側。當她看到我買的新畫板時，真的高興極了，直接衝過來摟住我，吻了一下我的右臉頰。琳兒一向是個內斂害羞的人，這樣的舉動著實嚇了我一跳。

自從有了琳兒，我才真正地覺得這裡像個家。每天早上，她都會起來幫我做早餐（有時我也會故意比她早起做早餐），幫我把上班要穿的領帶襯衫等都準備好，我上班後她就一個人在家畫畫看書。那段時間最美好的場景，就是每逢星期天傍晚，我坐在陽台上彈吉他，她在旁邊畫畫，時而回頭微笑著看看我。她說我在夕陽下低頭彈吉他的姿勢特別好看，而且我的吉他聲總能給她的畫帶來靈感。

就這樣過了幾個月，琳兒開始想念醫院的生活。她說她想回去工作。起初我堅決不同意，可後來覺得琳兒說得也對，我承認自己有點大男人主義，但我不該決定她的未來。後來，我盡力把琳兒安排到了市裡的一家醫院，這樣做也是有私心的，一來是這家

—— 問你一個問題……

—— 愛過。

醫院離我們的家比較近；二來是這家醫院的護士長是我好朋友的老婆，排班就好商量一些。琳兒又開始上班了，而且她見我每天工作這麼累，死活不要我送她上班，還要我送一輛自行車給她，她每天騎自行車上下班就好。

也就是因為這個決定，讓我再也不能見琳兒了。

琳兒是個特別有情調的女孩。我記得那一次我生日，白天她準備好了蛋糕和蠟燭，還把家裡布置得很有浪漫氣息，做了一桌豐盛的晚餐等我回家。那天晚上，我下班一進家門，既驚喜又感動。那晚她穿得格外好看，一身粉紅色長裙，整齊的瀏海和水靈靈的大眼睛相映襯，令我為之沉醉。琳兒的臉蛋特別好看，因為皮膚好，所以她梳妝台上的化妝品很少，出門也只是偶爾化個淡妝。

此情此景，我再也抑制不住內心的激動，一把抱起她在空中轉了好幾圈，然後和她深情擁吻。接著，她跑進房間拿出了一幅畫放在我面前，畫的是夕陽下彈吉他的我。她說，這是她花了兩個月的零散時間畫的。我拿起那幅畫沉默了……那晚，我們第一次發生了關係，她還故作玩笑狀問我：「是不是你們男人把女人哄上床後就不會再愛她了？」我親吻著她的額頭告訴她：「我一定不會。」

可是，我和琳兒的一切美好都永遠定格在去年八月的那一天。琳兒騎自行車上班，在過馬路時被車禍奪走了生命。

就在事故前一天，我還帶琳兒回家見了我的父母。父親對琳兒很滿意，說找個護士做妻子特別好，母親也說我眼光很不錯。看著琳兒和我母親在廚房裡有說有笑的樣子，我心裡正謀劃著如何正式向她求婚。

可是天不遂人願，車禍把琳兒從我身邊帶走，我的世界從此崩塌了！那半年，我整天作夢夢見琳兒，白天也經常出現幻覺，可是夢醒後一切又成空。你見過眼淚從一個大男人眼睛裡止不住地流出來嗎？

琳兒走了以後，我每個月會寄兩千塊給鄉下的悅兒。我想一直這樣支撐悅兒讀書，直到她大學畢業找到工作。自從琳兒走了以後，家裡空落落的，說來可笑，原本從來不跟我親熱的貓也開始跟我親熱起來。我想，這也許是因為我身上有琳兒的味道吧！

陽台旁邊那個畫板上掛著一幅未畫完的向日葵，走進琳兒的房間，門口書桌上放著一本《傲慢與偏見》。我拿起書翻開來看，一張小紙片掉了下來。我撿起來，上面有琳兒清秀的字跡：

有時候想想自己結婚後，要一輩子面對同一個人，真的很可怕。但如果是眼前的這個人的話，我願意賭一下！

琳兒，你走了這麼久了，我依然想你。我今晚又要跟那個哥兒們去那家酒吧喝酒，只是，我還能在那盞街燈下遇見你嗎？

—— 問你一個問題……
—— 愛過。

她曾是我的老師，現在是我的妻子

從大學到現在，我遇到過好多同齡非常優秀的女孩，但在我心目中，沒有一個能把她比下去。

二〇〇一年，我在老家城市某高中上高一。

教我們班語文的某位老師特別愛炫耀，每次上課都一直講「我如何如何懂教育」、「我的境界如何如何高」、「我教過的學生最後都如何如何厲害」，諸如此類。這種老師我向來是瞧不起的，當時年少，對這位老師沒有好感，自然她的課就不肯好好上。

有一天上課，我忘了自己當時做了什麼事，語文老師點名叫我站起來。我馬上站了起來，用一種非常不屑的眼神看著她，因為當時我深深地覺得，這種老師不值得尊敬。

她被惹毛了：「你那是什麼眼神？」

「這就是我看人的正常眼神啊。」

「你那是看人的眼神？」

「是啊，我看的不是……」

「你下課來我辦公室！」

「我現在就去，你繼續上課吧。」我摔門而出。

下課時間，語文老師回到辦公室，以一種高高在上的姿態，語重心長、苦口婆心地數落了我一頓，主要內容就是「對人該有的尊重」、「看人該有的眼神」、「在學校該有的態度」以及「學會這些對我以後的學習乃至走入社會的影響」等等。最後還斷言，以我目前的狀態發展下去，絕對是連高中都上不完就會被退學的貨色。

我當時仍然一言不發，眼裡透著不屑，鼻孔裡呼出的氣息彷彿都帶著嘲諷和輕蔑。語文老師忍無可忍了，勃然大怒，「騰」地站起來準備動手。

這時候，辦公室裡還有一位剛來的實習老師，她年輕漂亮，令包括我在內的眾多男生心中掀起巨大波瀾。她從辦公桌前站了起來，走到我面前跟我對視了大概三秒，說道：「這眼神很有靈性啊，理科一定是你的強項吧？」

當時我的腦海裡同時出現這三樣東西：後方是我的語文老師暴怒的面部表情、矮胖身材外加油膩的中分短髮、吐著唾沫星子；面前是這位實習老師閃著光芒的眼睛、端正清秀的五官、綁得一絲不苟的頭髮和一身乾淨俐落的教師裝束；耳朵裡傳來悅耳的、帶著信任和關懷的聲音。

—— 問你一個問題……

—— 愛過。

那個畫面我至今仍然記得。

我對這位年輕的實習老師說了句「謝謝老師」，便走出了辦公室。回到教室，大家已經沸騰了，紛紛表示：「你太勇敢了，我早就想狠狠地鄙視語文老師了！」

當時那個學期還剩下兩個月，整個年級一共九百人左右，我排名六百五十多名。兩個月後的期末考試，我的年級排名上升到了第七十名左右。後來我轉學，回老家上了高中。再後來考大學，我不負老師和家長們的期望，考上了某一流理工大學。

接著，我與在同一城市讀書的好友聯繫時得知，當年那位訓斥我的語文老師在我轉學後不到一年就被辭退了，實際原因不得而知。

而那時給我鼓勵的那位實習老師，現在則成了我的妻子，並在當年的同學圈中傳為佳話。

番外篇一：我是怎麼追到她的？

二〇〇四年，我大二，開始追求她。某個下雪天的夜晚，我渾身發抖地在學校裡的一個公共電話亭向她表明心意（也不知道當時我究竟是冷得發抖還是緊張得發抖），並且開始每個寒暑假都去她所在的城市看她（當然是以探望老師的名義）。當時她有男朋友，而我只是她眾多學生中很普通的一個。

二〇〇七年，我大學畢業，她跟她當時的男朋友分手了，實際原因我並不知道。而後過了一段時間，她就在父母的要求下開始了固定頻率的相親。就這樣相親相了三年，在此期間她談過幾個我也記不清了，反正最後都沒成。

二〇一一年，她開始光明正大地以女朋友身分跟我在一起（機智如我，之前都借著師生關係的名義瞭解她的各種生活狀況和內心想法；聰慧如她，在時機不成熟的時候一直都以我們只是師生關係為由，委婉拒絕我的表白和好意）。

二〇一二年，我畢業五年，工作四年，考取了教師資格，讀了教育碩士的在職研究班，最後在多方面申請、打通關係和做好鋪墊的不懈努力下進入她所在的學校工作，我們開始同居。

二〇一四年冬天我們登記結婚。歷經整整十年，終於修成正果。

我們現在在準備生孩子。雖然「高齡產婦」等因素讓我們對待此事非常慎重，但生活中總是有能帶給我們信心和希望的人、事、物出現，讓我們備受鼓舞。我大學「畢業設計」的導師，當年生孩子時已經三十九歲，最終生下一對雙胞胎，順產，孩子現在已經上小學了，母子都非常健康。每每想到這裡，我就更有動力去戒菸酒，每天保持定量的運動，控制飲食營養的均衡攝取，去書店網拍購買各種胎教早教幼教的書來惡補，同時給她營養品補身體，給她愛和信心（一如她當年給過我的愛和信任）。

—— 問你一個問題……

—— 愛過。

她是我的老師，曾經給過我的那些教育和影響，就像把肥皂水滴在油膩的水面，讓我的內心轉瞬間透澈開化。我曾想過即便最終不能跟她在一起，秉承「一日為師，終身為父」的原則，我也要尊敬和愛戴她到最後。

在我們兩人感情陷入「拉鋸戰」的過程中，每次聽聞她有對象了、家裡逼得緊、準備結婚了，我都想過放棄，但最後知道她沒有結婚，心裡就又燃起希望；每次她要我去找一個真正適合自己的女孩子好好談一場戀愛，心裡也會有失落、感激、無奈等各種複雜心情交織夾雜，夜不能寐；每次她在書信、電話、手機、網路上與我聊天，暢談自己的想法，吐露自己的心聲時，我又慢慢明白了一個女人對一個異性毫無保留的信任意味著什麼……

從大學到現在，我遇到過好多同齡非常優秀的女孩，但在我心目中，沒有一個能把她比下去。

番外篇二：婚後生活

「XX老師，你喜歡男孩還是女孩啊？」

「XX同學，你怎麼這麼跟老師說話呢？」

「老婆咱們生個孩子吧。」

「嗯。」

她的身分於我而言，老師的成分更多於妻子。結婚不到一年，我甚至沒聽她叫過我幾次老公，平時稱呼我都是「XX同學」。我們在學校通常不打交道，如果偶爾工作需要有交集，她就直呼我的名字。

我稱呼她就比較簡單了，不管是在家還是在學校，直接叫她「XX老師」就行，偶爾叫她「老婆」、「親愛的」，一般都發生在岳父岳母家。

居家旅行，職場情場，她都給了我恰到好處的引導，生活不能更愜意。對這一切，我充滿感激。

我以為我們只需一夜，沒想到這樣過了一生

——「答應我，做我女朋友好不好。」
——「難道我不是嗎？我以為我早就是了。」

二〇一三年十一月，週日，我在某本地群組裡尋找羽毛球友時，一個小女生蹦了出來。當時的我，在國內有一個雖然感情不和但尚未分手的女友。恰好，「顏值」顯然比我高了不只一個級數的男性鄰居也想學羽毛球，於是我約了他週三一起去。

我和她都絕不屬於第一眼能夠給人留下什麼深刻印象的人。我原本算是男生當中比較油嘴滑舌、善於討女性喜歡的類型，不過在高顏值男鄰居的光芒下，我的話癆屬性大體上也被掩蓋過去了。更何況他們倆都已經工作了，就只有我還是窮學生，不出所料地，兩人很快攀談了起來。除了羽毛球教學時間，我與她的交流並不多。

在運動方面，她算是個很有經驗的女生——在校期間進過學院籃球隊，畢業後又去上了網球班。在業餘女網中，還算得上是個排得上名次的網球選手。教她打羽毛球

時，我時不時地忍不住笑起來，因為看她打羽毛球，總覺得像是在打網球似的——羽毛球需要單手持拍，雙手自然地大開大合，接球時腳步輕盈移動，而她的左手總是離球拍很近，接球時腳步拘束，似乎是在努力地把一個小鉛球打回對面一般。

在斷斷續續的交流中，我逐漸瞭解到，她在工作多年以後決定參加公司的借調專案，便一個人去到德國母公司（也就是這裡）工作了三年。一個三十年從未離開過家、一離家就來到德國這片舉目無親土地的上海女生，笑容背後有著許多艱難苦澀。恰好，我是個經常會給初來乍到者盡可能地提供一切無償幫助的老留學生，在本地扎根已久，少不了給她幫上點忙。我還去她家做過一頓飯，幫她改善改善伙食。

剛和她發生關係的時候，我正處於人生最低谷：和第N個女友第N次「閃分」。某位前任在我生命中留下的陰影始終籠罩著我，「這輩子再也找不到比她更優秀或者比她更愛我的女人了」這個想法不斷地自證著；二十歲開始持續數年的迷茫期惡果累積到了積重難返的地步；二十五歲「高齡」時更是面臨著本科肄業，以無學歷身分灰溜溜滾回國的恐怖前景。在當時的狀態下，父母對我完全喪失了信心，每天除了逼著我花一個多小時和他們視訊，對我以火上澆油之勢進行質問，引發爭吵以外，並沒有給我任何積極影響。

這個時候的我想要找到一個支撐點，讓我的生活能夠不至澈底「破罐子破摔」，能

—— 問你一個問題……

—— 愛過。

夠精神穩定地繼續向前走，把大學順利讀完。最終我找到的這個支撐點就是，至少我還擅長泡妞。

和她發生關係的第一天晚上，我明確聲明，雙方只為當下需求，不承諾未來。然而之後發生的種種，卻漸漸地讓我們之間的關係產生了微妙的變化。她滿三十歲生日的前一天，我以朋友的身分買了生日禮物給她，做了頓好吃的。吃完，我們倆坐著一起看電影，然後「滾床單」，翌日早晨各奔東西。

那段時間，我經常在她家和另一個朋友家流連，很少回自己的住處。大年三十，原本打算在另一個朋友家過年的我，由於和朋友鬧出了點不愉快，直接跑到她家裡去了。她照例接納了我過夜。第二天，她去上班，而我度過了人生中最不愉快的一個春節。在反反覆覆跟我爸媽道歉，得到的仍然是「你究竟什麼時候能畢業？」的質問時，我幾乎要瘋掉了。我渾渾噩噩地改了半天論文，然後老老實實地滾去做新年的第一頓晚飯，心思潦草地等著她回來。

很久以後我們聊到那一天的場景，她的記憶是，回到住處時，看見燈是開著的，對大年初一在異國冷著臉硬著心獨自忙碌了好幾個月的她來說，一股家的溫暖湧上了心頭。

而對那一天，我的記憶則是：她一邊安慰著我，一邊為我爸媽開脫。她作為一個外行，幫我想主意，陪著我罵我導師（我的導師是個博士生，說實話水準不太行）。我們坐下來吃飯，長期以來，我第一次覺得自己情緒穩定。

在這之後，我們誰都沒有多要求什麼。我日復一日地在她家住下去，寫論文之餘也會買菜，做飯，收拾房間，和我爸媽吵架。她下班回來則會監督我的論文情況，毫不留情地指出我當時的一些問題，把我批得狗血淋頭。但與我父母不同的是，她會就事論事，指出問題所在，卻不給我一丁點額外的壓力。雖然她說是因為她作為「局外人」，沒有我父母那麼大的壓力，可是當時，我最需要的就是這麼一個關心我的「局外人」。

我一直以為，自己如果能夠再次遇見真愛，一定還是某位前女友那樣的，品性優秀、才思敏捷、古靈精怪，在愛我這件事情上幾乎奮不顧身的類型。但她並不是這樣的一個人。她讀書不求甚解。同樣的一本書，讀完以後我可以概述其脈絡，談我喜歡這本書哪些點，不喜歡哪些點，談情節，談人物，談書裡提及的理論，談理論的合理性與不合理性。而她卻只能目瞪口呆地盯著我，時常表示：「咦？書裡還有著這段，我都不記得了！」

感情方面，她在認識我之前只經歷過幾次暗戀、幾次相親，單純到了極點，特別容易滿足，輕易就能露出傻傻的笑容。在她上演了「情場老手愛上我」的戲碼好長一段時間之後，我問她：「你到底是怎麼做到的？」

—— 問你一個問題……

—— 愛過。

她則反問我：「不對，你是情場老手，應該是我問你，我到底是怎麼做到的？」

這種「天然系」妹子的殺傷力……真的很大啊……

和她同居近一個月後，有天我在兩人一起洗澡的時候，忽然摟著她，說：「張小喵，我想反悔。我不要你做我的情人了，你做我女朋友好不好？」

她笑了一下，說：「難道我不是嗎？我以為我早就是了。」

這小妮子蹬鼻子上臉啊！

「我不知道自己是從什麼時候開始默認了你是我女友，但我從未正式提出過啊，」我頓了一下，說道，「而且你知道，對我而言『女友』這個詞和『未婚妻』是類似的，意味著我將對方視作配偶候選人，不鄭重不行。」

她笑靨如花，對我說：「好，我答應你。」

我畢業論文澈底交稿並拿到大學畢業證書書時，正是四月豔陽天。煎熬了整整四個月的我和累積了好久假期、蠢蠢欲動的她，決定來一場說走就走的騎行。那是我第一次自己規劃騎行路線，路線安排得幾乎只能用「bullshit」來形容。我們騎著自行車上公路，翻重山。每天為了能夠住進預訂的旅館，再苦再累都得硬著頭皮往前騎。有天傍晚，她實在是累得完全透支了，在平地上走著走著就摔了一跤，手上磨破了皮。我心疼地先哭了出來，比自己受傷還難受百倍。她看見我哭，也笨拙地撲進我懷裡哭了起來。

這個女生跟我在一起之前，幾乎從來不肯在人前落淚。跟我在一起以後，卻流了好多好多淚，開心的、幸福的、委屈的、難過的，一顆一顆落在我心裡。

正當我自責沒有照顧好她，沒有安排好路線，讓她受了那麼多委屈的時候，卻聽見她嗚咽著說：「好不甘心啊，感覺自己一直在拖你的後腿。我好不甘心啊！」

我很難描述自己當時聽到這句話的感受。從她答應做我女友的那刻起，甚至早在那一刻之前，我都無比急切地渴望要保護她，給她幸福。但同時我又深深知道，她首先是一個獨立的人，一個非常優秀的人，一個非常要強的人；其次，她才是女人，才是我的愛人。她的心裡藏著一個不因外界逆境或是順境而改變的、無比美麗的內核。在那一刻，我決定要盡我一切的努力娶到她，給她幸福，也讓我自己幸福。

再後來，我們就結婚了並幸福至今。與她相知相伴的每一分、每一秒，都是那樣的美好與珍貴，讓我想「無所不用其極」地把它們記錄下來，以便能夠把我們共同的生命之書一遍一遍地翻閱。

—— 問你一個問題……

—— 愛過。

明明是我先認識他，現在我怎麼變成第三者了

——「當初不是你說要分開的嗎？」

——「你不是也沒挽留嗎？」

我今年四十一歲，他比我大三個月，我們同村長大，兩家房子只隔了幾排。

在我們那個村子裡，家家戶戶都很熟，還經常有姻親關係，譬如我二表姐就嫁給了他表舅家的哥哥。

村裡長輩看著我們長大，我們小學在同一個班，初中到鎮裡上中學，離家也不遠。大家都是附近各個村來的孩子，初一的時候同學還挺多，上著上著就越來越少，學業不好只能回家種地的孩子天天都有。

而我和他都是老師最喜歡的「模範生」，天天被表揚，輪流當第一。村裡人都以我們為驕傲，全鎮都知道第一第二永遠都是我們村。但我是用功型選手，他是天才型選手。從那時候起，就有人天天開玩笑要我們兩家訂親。

我們都是家裡老么，我上面有四個哥哥、兩個姐姐，爸媽生我純粹是因為農村人那時候不懂避孕，有了就生；他有一個姐姐、一個哥哥，他爸媽生他時歲數很大了，因此，他是集全家疼愛於一身的孩子。

我努力讀書是想擺脫貧困的家庭，而他不怎麼用功，但就是懂，腦子比一般人聰明一些。

在那個年代，中學考試就是一次聯招，學生按照分數由高到低可以選擇不同的專科，像我們兩個這種五百多分的可以去當時最好的師專和醫專，畢業就能直接分配到學校或者醫院。

但是我有個大學夢。在那個年代，大學生還不普遍，尤其是在我們那種小地方。後來，全校繼續上高中的只有我和他。學校離家不算遠，我付不起宿舍費，他也不想住校，每天便自然結伴來回。

為了方便上學，他家裡弄了一輛自行車給他，騎車半個多小時也就到了。自行車沒有後座，只有前面一根橫槓。於是我們村裡無論是早起工作的人，還是傍晚在外面納涼的人，總能看見他騎個大鐵架子上下學，胳膊中間夾著我。

這種場面不被起鬨是不可能的，小孩看見了都在後面追著跑。全村人都說我們像兩口子，說他好福氣，我們家三個女兒都眉清目秀，只剩最後一個沒出嫁的，讓這小子得了便宜。就連他爸媽、他哥哥姐姐看見我都開玩笑說，要不你以後就嫁給我們老三吧！他爸爸到我們家串門的時候還說過，乾脆結個親家。

每次遇到這種情景，我都會羞得滿臉發熱，他就在旁邊咧著嘴，露出一口白牙，笑得跟個傻子似的。

現在這段路開車往返就很快了，但是當時土路更多。夏天白天長倒還好，到了冬天，早晚都很黑，我就有點害怕。因為我經常胃痛，他冬天早起出門都會帶一玻璃瓶的熱粥給我，路上放在我懷裡暖胃，怕我著涼，塞給我的時候還常說「婆婆為你做的」。

有一回晚上天太黑，他騎車壓到石頭上，車子失去平衡。摔出去的一瞬間，他的手不是條件反射地準備撐地，而是護住我的頭，最後我沒受傷，他頭上卻磕出了一個傷口，留了個疤。

他很聰明，高中數學考試每次都接近滿分。我卻自覺智商普通，就是肯下功夫死讀書而已。

我家裡人太多，晚上永遠是亂哄哄的，我有時候會跑過去找他，因為他自己有一個房間。有時我們各自看著書，偶爾抬起頭相視一笑，覺得分外美好。

他也常來找我，以送各種東西為藉口。我們全家熱中於留他吃飯，只要是到了吃飯時間他出現了就不讓他走，不管桌上放的是啥他都會說好吃，其實我知道，我們家寒酸的餐桌，跟他們家的條件完全比不了。

週末我們一般也沒什麼娛樂，冬天我會早起去他家田裡，看他幫他爸爸掀開塑料大棚的草簾，日出的陽光打在他身上。在我還離得老遠時，他從高處看見了就會揮舞著胳膊喊我。有時候，他帶我去凍得結實的小河溝裡滑冰，有一次帶我去大河堤邊坐下，花半個小時鑿了個窟窿，有模有樣地釣魚，最後卻連魚的影子都沒見著，還傻乎乎在冷風裡依偎著坐了一下午。

其他季節就好玩一些，我們有時候去農地裡摘野草莓吃，有時候爬上他家大棚，並排躺在上面，看著黃昏日落，互相問問題，暢想長大以後的事。有一回我從大棚上下來時沒踩穩，直接踩到塑料上，把他們家大棚戳了一個洞，導致這一大條的塑料都要換。我很害怕，他說：「沒事沒事，我就跟我爸說是我踩的。」

高二暑假有一天晚上，他家大狼狗找不到了，他心疼地到處找，第二天早上五點起來繼續找。我起來時發現他在街上，神情呆滯，絮絮叨叨地說狼狗是他從小養大的，現在丟了怎麼辦。我一邊勸他，一邊陪他一起找，走到鄰村才發現他的狼狗和一隻母狗很悠閒地趴在一起，他喊都喊不走，把我給笑慘了。

大學聯考那一年，所有同學壓力都很大。距離聯考還有兩個多月的時候，班裡一個個子很高的男同學受不了壓力，跳河自殺了。我們提到那個男同學時總是很惋惜，不能理解為什麼他僅僅因為聯考壓力，這麼年輕就選擇自殺。況且他還是家中獨子，家庭條件也好，又不是非得走上大學這一條路不可。何必呢，心理承受能力太差了吧。

直到我第一年聯考落榜以後，我才理解了那個男生的絕望。從此以後我也明白了，永遠別在自己沒親身經歷過的時候評價別人的痛苦。哪怕你也經歷了同樣的事，不同的人感受到的痛苦也有輕重大小，真的不要對別人評頭論足。

最終他考上了天津大學，我離低標只差五分。所有人都沒想到這個結果，因為我平時很穩，聯考的時候也沒覺得自己發揮失常了。在一番痛苦的抉擇後，我選擇了重考。開學之前我送他到大學報到，待了兩天，我們還在校門口合了影。

他到車站送我回家的時候，我坐在火車裡向外看他，他熱得滿頭是汗，還不停地叮囑我以後自己一個人住校要注意什麼，說他等著我。

他說什麼我都笑著點頭答應，等車開走了看不見他了，我的眼淚就掉下來了。隔了這麼多年，我還能分毫不差地回憶起那種苦澀的失落感，就像我搭的火車駛向了和他完全不同的人生軌道，從此再難交會。

回校重考後，我度過了無比煎熬的一年。他走了，一切只剩我一個人了。我開始意識到我過去有多依賴他，自己好像什麼都做不好。進入小一屆的班級上課，老師也都不是原來熟悉的，感覺環境很陌生。我壓力備增，整宿失眠，想著乾脆不睡了起來讀書，又頭疼得想吐。那一年，我的身體出了很多問題，經常情緒失控，甚至有了自殺的念頭。他每月寫信寄到學校給我，每週日晚上打個電話給我，說的都是鼓勵的話，但是我聽著特別刺耳，老是對他發脾氣，然後內疚，壓力越來越大。

聯考又來了。可是這一次，還沒考試我就知道自己完了。放榜的結果是差了十四分，還不如第一年。從此我便再也沒有升學，也沒有像當初選擇專科能得到的那麼好的工作機會了。我整日縮在家裡哭，不吃飯、生病，誰勸都不行，感覺未來就是一片昏暗，無路可走。

雖然當時還不懂「階級」這個詞，但簡單的現實擺在我面前，我覺得自己以後永遠都配不上他，也沒有勇氣再重考第三年。

我萎靡了很久，原本有希望上大學的時候我是父母的榮耀、村裡人的驕傲。當他們知道我什麼都考不上以後，所有人對我的態度都變了。父母看我在家吃閒飯覺得彆扭，嘮嘮叨叨，村裡人也都把我當成了茶餘飯後的笑柄。

他的父母對我的態度也有細微的變化，表面上和以前一樣，但我總覺得他們的笑容有點僵硬。我心裡明白，他們想必也覺得我配不上他家兒子了。

我在市區裡的超市工作過一年，後來附近工廠招審計，靠了關係才進去。

但我心態失衡得厲害。他放假回來，身上帶著大學生特有的那種朝氣，和對知識一

—— 問你一個問題……
—— 愛過。

如既往的渴望，每天過的是新鮮充實的大學生活。而我，已經在枯燥繁雜的工作中，失去了對生活的熱情。

生活好像一潭死水，只有他能給我帶來波瀾。他告訴我大學裡的生活，各種趣聞——室友們都來自哪裡，誰打呼聲太響等等。我很愛聽他講，想貼近他的生活，可是最後總是莫名其妙地對他發脾氣。我知道我不是生他的氣，我是恨自己，總覺得自己在他面前低了一等，害怕他充滿希望和前途的未來根本容不下我。

我也會害怕他愛上別人。每天有那麼多年輕開朗的女大學生在自由的大學校園裡行走，而我已經被一個小圈子圈住了。

我害怕失去他，但是我用了最笨最蠢的方法——無理取鬧，過度敏感，不斷試探他忍耐我的極限，想以此證明他還愛我。

我表達能力實在有限，也說不清楚我們之間到底發生了怎樣的變化，總之他肯定也覺得我慢慢變得不可理喻了。

後來越和他相處，我越能明顯地感受到我們的圈子不同了，接觸的朋友都不同了，思想、眼界、處事方法、知識水準全都不同了，一切都不一樣了。我們變成了兩種人。

他也是太爭氣，因為大學成績好，又到北京的一所大學讀研究所，是一所很有名的重點大學。

我等了他五年，五年異地，這期間經歷了各種辛酸、冷戰、爭吵。我壓力大的時候，病了，難過了，他都不在身邊。而他面臨的困難，導師給的壓力，要做研究的那些東西，我都不瞭解，也分擔不了。

其實我早就明白，他畢業不會回來了，跟我在一塊兒就是在拖累他。至於以後把我帶過去，更是痴人說夢了。他心裡應該也明白，只是我們都捨不得說結束。

到了最後，還是我提出分手。一個農村出來的學生，像他那樣透過學歷改變了命運，太不容易了，我放他無牽無掛地走吧。當時覺得這樣選擇我也解脫了，分開對彼此都好。

他問我想好了嗎？

我說想好了，這樣下去誰都痛苦。

他就沒再挽留。

他一直讀到博士，畢業後留校任教，我們也各自在自己的圈子裡組建家庭。他和同校的一個北京女生結了婚，我在本地相親認識了我丈夫。

總有人說，不能理解為什麼會有人放棄深愛的人，選擇和認識沒幾個月的人結婚。可我就是如此啊！我當時相了很多親，一個都沒看上，介紹人都震驚了，問我到底想要什麼條件的人？待到與我丈夫（現在的前夫）相親時，我爸拍著桌子衝我吼，唾沫星子恨不能飛到我臉上。

「你到底想做什麼！從小到大你想上學我供養你上，什麼都依著你，現在都多大了！找對象還這麼挑！這個小伙子看起來有朝氣，父母都是公務員，婚房都在市區裡買好了，你還想要什麼！你想把我氣死啊！等你再大幾歲，再婚的都不要你！」

不是他們條件不好，就是「曾經滄海難為水」罷了。是啊，我還想要什麼呀，既然不是他，跟誰結婚不是結呢。

我前夫是個工人，婚前我只覺得他老實、人好，婚後才發現他嗜賭，麻將玩得很大，而且上癮，玩到興起經常凌晨一兩點才回家，也不洗漱，倒頭就睡，沾染了一身牌桌上的菸氣。

因為這個問題，我們冷戰熱戰無數。其實他其他方面還算好，但可能是我智商情商都不高，不會聰明地解決問題。結婚數年，一直磕磕絆絆，最終只好協議離婚，女兒跟我。

而這期間我和他並沒有完全斷了聯繫，因為父母家離得太近了，過年過節難免碰到，有機會我們就一起走走，聊聊彼此的家庭、工作、孩子，很少回憶過去。

我還看過他兒子的照片，小小年紀就戴著眼鏡，看起來就很聰明的樣子，想必和他一樣。

他問我過得怎麼樣，我從來都說好，報喜不報憂，盡力讓臉上的笑不帶著苦意。不知道我為什麼不想讓他看到。

我剛離婚不久的時候，一天晚上食物中毒，吐到虛脫，凌晨三點多被女兒叫的救護車送到急診。他的大姐是醫院的護士，正值夜班，看見我路走不穩，讓女兒扶著，頭髮亂糟糟，估計臉色也是差得嚇人，衣服上還黏著嘔吐物，這副模樣實在是太慘了。我叫了她一聲姐姐，也不知道她那一瞬間腦子裡想到了什麼，竟脫口而出：「弟妹啊，你怎麼了！」

我的眼淚「唰」的就掉下來了，原來不是只有我還記得。

吊了兩天點滴大致康復，他卻來醫院看我。可能他姐姐也對我們的經歷唏噓不已吧。他從醫院送我回家，還為我做了頓飯，粥熬得很爛。

我想起了很多事，像高中冬天漆黑早晨的玻璃瓶粥那樣的事。

他問我怎麼會離婚，你不是一直都說自己過得很好嗎。我當時心理太脆弱了，忍不住全都告訴他，包括我還遭遇過家暴。

他聽完緊緊抱著我抱了很久，我感覺到他也流淚了。

從那以後，他每隔幾個月便會回來看看我，雖然也不會發生什麼，但我知道這可能就是「精神出軌」。說實在的，我也很痛苦，因為明知道身邊這個人永遠都不可能是我

—— 問你一個問題……

—— 愛過。

的，連和他吃個飯、散散步這樣的事，我都充滿了罪惡感，怕被熟人看到。

有時候也會想，明明是我先認識他的呀，從還不會說話的時候就認識了，是我們先私訂了終身，現在卻變成「第三者」了。

有時候又想，只有結婚的兩個人才是合法的夫妻，你說你們以前經歷過什麼，說過非他（她）不嫁（娶），有用嗎？你們現在這樣算什麼？你不是昧著良心做著不道德的事嗎？

我沒問過他妻子知不知道我這個人的存在，其實他妻子根本不用擔心，和她那樣的人比，我一定相形見絀。他還念著舊情，也不過是因為，我是當年牆上的一抹蚊子血，現在變成了他心頭的一顆朱砂痣罷了。

我們根本已經是兩個階層的人了，也許差得更多。偶爾見一面還好，如果每日朝夕相處，他恐怕很快就會發現我這個人粗陋不堪。

我們能一起回憶過去，但是不能共同面對現在和未來。我深知這一點，可是我離不開他。有時候也會想，如果當初我就是死撐著不分手呢？如果當初我再努力一點，多考五分，至少有個大學上，人生境遇會不會完全不同……但是一切都晚了。

二〇一四年我要做子宮切除手術，從住院開始他就一直在陪床。我不知道他是怎麼跟家裡人說的，但那一刻，我就是自私地覺得我需要他。當我做完手術被推出來時，整個人居然是清醒的，只是莫名感覺到刺骨的冷，張著嘴卻說不出話來，只能勉強擠出一點聲音。他把耳朵貼在我嘴邊聽，還是聽不出來我想說什麼，急得直叫大夫，求大夫看看我這樣是不是因為太疼了。

半睡半醒的時候，我聽見他和我的女兒說，以後要對媽媽好一點，她身體不好，又做了這麼大的手術，以後你一定要聽話，不能惹她生氣，她不能生氣……

做完手術，我的身體元氣大傷，恢復得很慢。有一天晚上我又情緒失控，拿起手邊拿得到的東西往他身上砸。他不明白我突然怎麼了，就上來抓著我兩個胳膊不讓我動。我叫他「滾」，說不想看見他，以後永遠不想再見到他。

其實還是恨我自己，他在這照顧我，我就總有種衝動，想馬上逼他在我和他妻子之間選一個，可理智又告訴我不能這樣做，這種想法快把我逼瘋了。

他痛苦地看著我說，當初不是你說要分開的嗎？

我說：「你不是也沒挽留嗎？」

他說：「我以為是你身邊有了合適的人，不願意等我了，我怕耽誤你。」

他現在當然可以說他也是為了我好，我也不能怪他。我們都選擇聽從理智，害怕奮不顧身會輸得一無所有。

他前年去了美國，半年後把妻子兒子也都一起帶去了。兒子要在美國上中學，他去

—— 問你一個問題……
—— 愛過。

之前說，他不會定居在那邊，過兩年等兒子適應了就回來。

他走以後，我沒跟他打招呼就刪了他的微信和其他所有的聯繫方式。反正怎樣都是痛苦，何必再讓大洋彼岸的人牽動我的喜怒哀樂。他偶爾透過加好友的驗證消息或者郵件問我過得好不好、身體怎樣之類的，說他想起我就心疼，希望我懂事一點，照顧好自己，按時吃飯。我看到後也會開心一會兒，隨後又會心酸，但還是會翻出來反覆看，卻從來不回覆，像個精神病人一樣，獨自對著手機，或笑或哭。

我現在四十出頭了，還沒有弄清楚，不知道自己到底想要什麼，只知道現在的生活肯定不是我想要的。我覺得自己大概是憂鬱症患者，但又不想吃藥；有時候想健健身，辦了張卡，又堅持不下去；有時候想振作一下開始新的生活，又不知道從哪裡下手改變；除了他，我也不會再愛上別的人。

我總想把希望寄託在女兒身上，又覺得不妥，因為女兒的一生是她自己的，不應該背負別人的希望。四十歲這個年紀，應該算是女人的一個分水嶺，自此以後，變大媽的變大媽，修養好的可能會增添更多成熟優雅知性的氣質。

而我呢，身上大病小病越來越多，整天與慢性疼痛為伍，因為胃病瘦得乾癟，照鏡子時常覺得自己像將殘的花，從未真正開放過，已然行將凋零了。總盼著女兒快點長大，等她成熟獨立了，我也就可以不用堅持活著了，身體出什麼問題也不治了，順其自然死亡就好，也許清明的時候他會帶一束鮮花給我。

我當初所處的環境，如果有個明事理的長輩能給我一點指引，也許我那段感情就不會失敗。但是他們都在說：「你們離這麼遠不可能結婚，你最好趁年輕趕緊在身邊找個條件好的嫁了，你再耽誤自己，這輩子都不行了。等到他以後學成了再看不上你，你一生就完了。」

我也是自卑敏感，自怨自艾，在感情上也不成熟。想來那時候還是年輕吧，後來很多事明白了，不再放大自己在感情裡的痛苦，更知道設身處地為對方想，可是一切都回不去了。

其實偶爾想起從前，覺得自己還是幸運的，在情竇初開的年紀就被他用心愛過，否則我很可能隨隨便便就被一點小恩小惠騙走了。

李宗盛寫過一首歌叫《當愛已成往事》，張國榮也唱過，歌詞我句句都能聽懂。李宗盛說過：「希望你們能聽懂我的歌，卻不用像我經歷這麼多。」

我也多麼希望我的一生可以這樣啊！

— 請說出三條支撐你活下去的理由。

— 我胡三六條，六條讓人槓了。

你真的相信男朋友「出差」去了？

放大了蛋糕圖和腰窩圖，看到了熟悉的賓館環境。我替自己倒了一杯水，想著下一步該怎麼做。

Miss Anonymity

講一個推理小故事，和各位分享。

我的前男友是一個身材、長相、學歷、收入均尚可的男生，這個故事發生在他畢業的第一年。彼時他剛剛入職一家大型國企，內有叔父舉薦，外有專業素養加持，前途看似一片大好。

我們在一起也有兩年多了，大體看來各方面都沒什麼不妥，唯獨一點也是最嚴重的一點就是，他不太老實。

這個「不太老實」怎麼解釋呢？

我們在一起的時候各方面沒什麼大問題，三觀契合，興趣相投，既可同去偶像的演

—— 請說出三條支撐你活下去的理由。

—— 我胡三六條，六條讓人槓了。

唱會，也可同去隱匿於市井窄巷的酒館。我們也時常結伴出遊，曾登五嶽訪名山，也曾趁花季泛輕舟。彼此父母皆知禮明事，是親戚鄰里都祝福的一段姻緣。換句話說，現在也到了擇良辰待吉日，結婚辦喜酒的階段。

但是我們不在一起的時候，他玩的花樣就有些多了。

我知道他是某交友App的高度活躍用戶，只是我一直在自我安慰，也一直覺得他「有賊心沒賊膽」。說起來我也未曾發現過他有任何「不正當交友」行為，所以關於此類話題，我們從來沒有正面交流過。

直到那次發生的事情。

某個週五，他告訴我他要去某城市參加一個會議，週五下班以後出發，因為會議時間訂在週六早上。週五下午，他搭乘六點多的高鐵去了該城市，我沒多想，以為這只是一次簡單的出差。

他走的時候，將購買火車票的手機頁面截圖發給了我，我看到他的手機電量還剩60%。

一個半小時的高鐵很快抵達，大概八點，他在去賓館的路上向我報了平安，接著告訴我手機沒多少電，不多說了。

接下來我去忙自己的事情，晚上十一點睡覺前發了「晚安」給他，他沒有回覆。我有點疑惑，他平時不會這樣，我猜他大概是在洗澡，沒多問便睡了。

一夜無夢。早上七點我醒來看手機，看到了凌晨兩點半他回的訊息，果然說去洗澡了沒看到，要我好好睡覺，做個好夢，還有「晚安」和「麼麼噠」的表情。

早上七點半我回覆他：「什麼時候回來呀，票買好了嗎？」

他回覆我一張截圖，我看到他手機電量還剩22%。

我記得他昨天下了車就說手機快沒電了，現在電量從60%到22%，看起來像是一整晚沒充電的樣子。

但是我很清楚，他平時很介意手機電量低，睡前也有充電的習慣。

還有，這個平日裡特別貪睡的人，半夜傳來「晚安」和「麼麼噠」，還附有標點和表情，說明凌晨時分他還沒休息，看起來還比較清醒。如果是半夜醒來他會繼續睡覺，因為他回覆訊息的狀態不像是剛剛醒來，所以我猜半夜應該是發生了什麼事情。

外出開會，難道不應該是吃了晚飯、滑滑手機就早點休息嗎？這本該是沒有夜生活的一晚。

我猜，他昨天下了車以後可能有一些忙碌的事情，使他沒來得及幫手機充個電。

從60%到22%的電量變化，有可能是由於他忙著做事不急著充電，或根本沒用過手機，對剩餘電量比較有信心。

——請說出三條支撐你活下去的理由。

——我胡三六條，六條讓人槓了。

早上七點多的時候，我想到這些，覺得事情開始有趣了。

沒錯，我猜這個小伙子昨晚應該過得不太簡單。

我不願意被蒙在鼓裡，也不願意揪著對方問個不休，所以我決定自己動手。

我打開電腦，查看了他所有的社交動態——朋友圈沒有更新，微博已經棄用了三年，QQ空間早就關了，我有點無從下手。

然後我打開了某問答網站，點開他的頭像，發現個人資料沒有更新，但隱約感覺到一絲異常。

關注他的人數多了一位，他關注的用戶數量也增加了一位。

我按照通常的習慣倒序查找，沒有找到陌生的用戶ID。往下滑了一頁，才看到一個用自拍當頭像的女生。

事情發展到這裡我就明白了，他最近和這個女生互相關注，但是故意把這個女生藏在許多已關注很久的用戶前面。簡單來說，就是他倒序「取關」了二十來個用戶，然後關注了這個女生，接著再把取關的用戶一一添加回來。

我們都有看彼此動態的習慣，所以他做了這項隱藏。

若不留心數字變化還真看不出來。

這個網站的用戶大都瞭解一個常識，粉絲數量不多的用戶互相關注，一般分為兩種情況：第一是彼此相識的朋友，第二是由於這位用戶的某個動態很有趣。

這時候我覺得事情的發展更有趣了，我想看看這是一個怎樣的女生。

我點了這個女生的頭像進去，用戶名看起來很像本名，個人簡介裡提到了自己所從事的職業，頭像是一張有貓耳朵和熊鼻子點綴的自拍。她關注的用戶有七十餘位，關注她的只有兩位，其中之一便是我這位前男友。此外，她還有些動態集中在近三個月內，近一個月內有五個回答，贊同數與評論數寥寥。昨日的動態是關注了一個和腰窩有關的「爆照」類問題，最後一個回答也正是在這個問題之下。

這篇回答的發表時間是週六凌晨兩點，內容很簡單，是兩張完整的女性裸背圖，腰窩若隱若現。值得一提的是，腰際還有一處紋身，連我也不得不承認十分性感。

但從拍攝角度來看，這不是張自拍。

巧合的是，週六凌晨兩點，我男友也沒睡，還比較清醒地回了微信。

我返回查看了這個題目的描述頁面，關注的人並不多，只有四十三人。

接下來，我查看了她近一個月內的其他回答，基本以「爆照」類問題為主。

我分別看到了她的腰窩、酒窩、鎖骨、雙眼皮和其他角度的自拍。從回答的發布順序來看，她的操作基本是先關注大話題下的小問題，然後再寫回答。值得一提的是，這些問題都不是大話題下的熱點問題，我推測應該不是網站推送了這個問題給她，而是她

── 請說出三條支撐你活下去的理由。

── 我胡三六條，六條讓人槓了。

有了相關照片，需要搜索一個問題，只為「爆照」。

我在她的酒窩、鎖骨、雙眼皮等近一個月內的「爆照」類回答的評論區，都看到我親愛的男友的評論，內容基本沒有文字，只有一個賣萌的表情。相同的是，這些回答，他一個都沒有按讚，只是寫了評論。

有一瞬間，我突然明白很多網友說的「不敢按讚就寫個評論吧」是怎樣的心情。

最巧的是，這個女生資料裡寫的常住城市正是他出差的城市。

事已至此，我覺得越來越不簡單了。

我現有的訊息是這位女生的某問答網站ID、姓名（如果ID上是真名的話）、相貌特徵、常住的城市，以及她愛美、喜歡自拍，並樂於在社交軟體展示自己的性格。

最重要的是，週六這天凌晨兩點，她和我男友在同一時間段都處在活躍狀態。

目前我只知道這麼多，不知道下一步應該怎麼走，我陷入了僵局。

我下床倒了一杯水，考慮下一步該做什麼。

沒有想法，我重新打開微博，輸入了她的帳號名稱，在用戶頁面向下滑了一頁後，我看到了一個熟悉的頭像，正是那位女生在問答網站用的頭像。

她微博的用戶名是該網站ID加一個英文名。

微博動態內容乏善可陳，以化妝品抽獎和自拍為主，自拍在網站回答裡都看到過。

有趣的是，她最近的一條微博發布時間是週六凌晨一點五十五分，內容是有腰窩紋身的裸背圖和蛋糕圖，配文是「祝我生日快樂」，下附一個地點定位。

地點定位在該城市某連鎖快捷酒店火車站店。

我放大兩張圖片，觀察背景，看到了該連鎖快捷酒店的內飾環境，是它標誌性的橘色燈和米黃色牆壁。

那麼現在看來，基本可以確定的是，這位女性週六這天過生日，在火車站附近的連鎖快捷酒店慶生，但房間裡應該不只她一個人——有同行人當天為她拍了照片，即那張有腰窩的裸背圖。

我繼續往下滑，看到了她經常使用的定位，確實是在該城市。

她就讀的大學是某省林業大學，原創微博包括自拍、美食和看起來不表露單身與否的情緒內容。

我打開地圖，輸入她的校區地址和該連鎖快捷酒店，相距七公里有餘，地鐵並不直達，需要轉公車，因有路段維修，駕車也需要繞行。

從交通便利的角度來看，我相信她如果僅僅是為了找個酒店慶生，不會選擇這麼遠的。巧的是，我男友就在附近的火車站下車，開會地點也在火車站附近。

我記得他說過，是為了方便出行，才將住宿訂在火車站附近。

—— 請說出三條支撐你活下去的理由。
—— 我胡三六條，六條讓人槓了。

得到地點訊息後，接下來我需要更多和時間有關的訊息。

我統計了她在一天內發微博的數量，並根據時間段製作了對比圖表。圖表顯示，這位女性的微博更新頻率很高。根據三十天樣本數據，除去原創內容，每日轉發的抽獎二十多則，時間分布在早上七點到晚上十點。其中，早上七到八點、晚上九到十點兩個時段發布的微博數量較為集中。根據她的作息時間推測，應該是在剛起床和快入睡的時段動態最多。

數據結果顯示，這位女性近一週的微博平均日更新量為二十四則，但週五這天只有三則。從上述訊息幾乎可以推定，昨天她有一段時間沒有登錄微博，忙於慶生事宜，微博上出現了一段社交空白。

接下來，我找到她大學的貼吧並輸入她的名字，發現了一張校醫室開具的病歷診斷，上面寫著的學校、人名、專業都與她對得上，發帖人的用戶名是她的名字加英文名加日期，日期顯示正是週六這天。

我順著貼吧把她發過的帖子都找了出來，從高中在貼吧向男生表白，到大學和男朋友公開秀恩愛、爭吵。不到兩個小時我就看完了，對她的性格也算是有了個大致瞭解。

一上午的時間嘩啦啦就過去了，我叫了個外賣，邊吃邊想下午做什麼。

現在回想起來，當時無從下手的感覺依然強烈，喉嚨發緊，心悸手抖。

我幾乎是硬著頭皮想找出來能夠推翻我的猜測的證據。

十二點半，我在官網找到這家連鎖快捷酒店的訂房電話，打了過去。

以下是通話紀錄：

我：「您好，我是昨晚在這裡住的客人，退房的時候充電器好像落在房間裡了，請問打掃衛生的阿姨有看到嗎？」

客服：「女士請問您的房號是多少呢？」

我：「具體的房號記不清楚了，我的名字是ＸＸＸ（那個女生的姓名）。」

客服：「請問是用您的姓名預訂的房間嗎，可以提供一下手機號碼嗎？」

我（聽到這裡我心情複雜，聲音顫抖）：「我用的是我男朋友的名字，ＸＸＸ（男友姓名），手機號碼是ＸＸＸ（男友手機）。」

客服：「好的女士您稍等，我問一下ＸＸＸ房間的清潔阿姨。」

我返回問答網站，找到了那個和腰窩有關的回答，看到評論區有一個評論問：「在腰上紋身疼不疼？」

她回答：「不是紋的，是用紋身貼紙貼的，當天洗澡時就掉了。」

—— 請說出三條支撐你活下去的理由。
—— 我胡三六條，六條讓人槓了。

事已至此，我再也騙不了自己。

沒錯，在我準備擇良辰吉日嫁與此人之時，他正和一位女性在酒店慶生，並拍下了有腰窩的裸背照片。凌晨一點至兩點他們尚未休息，雙雙清醒，共度良宵。

下面讓我來按照時間順序總結一下事情的發展：

一、我的男朋友不知透過什麼途徑認識了這位女性，先是在網站上相互關注，近一個月內又在她的回答下僅評論，不按讚，且為她調整了關注列表裡的人員順序。

二、在這個女生的常住城市，週五這晚慶生。而我男朋友週五下午正好要去該城市開會。

三、我男朋友週五下午動身，提前預訂了酒店。為了方便出行，他沒有預訂這個女生學校附近的酒店，而是選擇了火車站附近的某連鎖快捷酒店。

四、下車到達酒店後，他告知我手機電量不足，此刻應該已經見到對方，不便一直用手機和我聯繫。晚上的活動應該是兩個人一起吃飯，幫蛋糕拍照，再幫裸背拍照。

五、下車後至凌晨兩點，他們都出現了時段相對一致的社交空白，說明這段時間兩個人在見面，且都沒有用手機（我男朋友的手機電量隨時間遞減，這個女生的微博沒有更新）。

六、週六凌晨兩點，他們在同一時段內出現了社交活躍的表現：他回了我的微信，對我說「晚安麼麼噠」；她則發了個微博，文字是「祝我生日快樂」，而後又在網站答題——「有腰窩是一種怎樣的體驗？」

他們的動態時間一致，應該是由於某件共同的事情做完了，同時拿起了手機。

七、週六早晨七點，我看到了他凌晨兩點回我的消息。

八、週六午飯之前我查了一些消息，午飯後打了電話給酒店前台，確認他們週五入住了同一間房。

九、根據這位女性自己的說明——紋身的有效性為一天，可以推測紋身不是提前貼好的，照片也是週五當天拍攝的。一個女孩子在過生日當天，要做一件時效只有一天的事情，況且三月份還不是穿露臍裝的好季節，紋身貼在後腰這個位置，我猜她大概是有什麼特殊的人要見。

我的推理就到這裡。

我很珍惜我這個男朋友，也很在乎他。我從來沒有想到，證據法學與偵查學教授教會我的本領，有一天會用在這樣的場合。

—— 請說出三條支撐你活下去的理由。

—— 我胡三六條，六條讓人槓了。

我猜大多男生都會喜歡大智若愚、沒那麼多心眼的女生，正如古語有云：「水至清則無魚。」如果我本身完全不知道這件事，我和他想必還是恩愛情侶。

所以我選擇暫時不提此事。他出差回來以後，我們照舊如膠似漆，恩恩愛愛。只是我們再也沒有親密接觸，他每次想親我，我都會下意識躲開。

兩週以後，他告訴我又要去該城市開會。我查看了那位女生的微博，大概是兩個人又要見面。我等他週末回來，去火車站接他，聽他抱怨擁擠的車廂和冗長無趣的會議。

還沒等他說完，我打斷他，提了分手。

他一臉疑惑問我為什麼，我反問他，XXX（那個女生）的腰窩好看嗎？他先是沉默，然後說對不起，和她是交友App上認識的，只是玩玩。

我看了看他，沒有說話，艱難地去路邊攔車，哭聲嚇到了計程車司機。

今天是二〇一九年四月二十四日，我們分手七百六十天了，最難過的時候已經過去。仔細回想，我是真的喜歡過他，在一起的甜蜜與默契不可言說。但後來我也真的喜歡不下去了，因為傷了心。這其中的掙扎，不足為外人道。

希望看到這裡的你可以珍惜眼前的人，如果可以，伸手抱一抱他（她）。在他（她）很在意你的時候，也請你在意他（她）。如果真的感到彼此不合適，也請你明確告訴他（她）。可以不愛了，但至少要坦誠。你偷偷做過的那些對不起對方的事，他

（她）可能知道，也可能不知道。你的他（她）可能像我一樣，是個心思縝密專業課優秀的「小柯南」，也可能只是一個大大咧咧對你好到無邊無際的傻孩子。不管怎樣，人心都是肉長的，都會難過。

後續發展：

因為捨不得，我當時攔車走了之後還沒封鎖他的聯繫方式。走後的第二天，他打了一通很長的電話給我，向我承認錯誤，表達歉意，斥責自己的過分行為，言辭懇切。一言以蔽之，他只是出去走了趟腎，並沒有動心。他依舊愛我，心裡有我，想娶我回家。

我問他為什麼有第一次還會有第二次，對象還是同一個人？他解釋道，這種事總覺得沒被發現就永遠都是第一次，大概是僥倖心理作祟。

再後來，他和我說了「開放式性關係」與「靈魂伴侶」的觀點，我認真地聽完，對其中的一句話記憶猶新：

「人這一輩子這麼長，有誰真正甘願只和一個人分享身體呢？我們可以只愛一個人，但是只親近一個身體就不必要了吧。如同人們總愛去不同的美食餐廳打卡，不同的經歷也可以豐富人生，享受不同的感覺。」

這一次換我沉默。

—— 請說出三條支撐你活下去的理由。

—— 我胡三六條，六條讓人槓了。

我沒有想像中那樣難過到心悸手抖，也沒有跳起來大聲罵他：「真是個百裡挑一的高品質人渣。」

我沒有指責他的觀點，只是告訴他，我相信會有一個和我三觀一致的人在未來等著我。我不譴責這種兩性觀念，只是不接受。我不能想像，如果以後我結了婚懷了孕，這個與我朝朝暮暮生活在一起的男人，背後和別人糾纏不清，然後再回來拉著我的手說愛我，這不是我想要的愛情。

希望他和他以後的「靈魂伴侶」可以用「走腎不走心」的方式愛著對方，但是不要用這種三觀來折磨我。

也希望以後我可以和一個信仰忠貞愛情的人相守到老。

借一句當下的話，我們因為五官相愛，但因為三觀分開。

有人問我，如果他半夜沒有因為心虛回我微信，如果截圖的時候沒有帶上電量，是不是就沒事了？其實並非如此。一件事情只要發生過，企圖掩蓋它就需要把所有的痕跡都藏好，而事情敗露只需要一個痕跡就夠了，哪怕是掩蓋線索的痕跡。

如果我沒看到他的手機電量或者沒收到他半夜的微信回覆，這個推理也只會來得晚一些而已。

我的極品鄰居與車的二三事

看起來我好像什麼證據都沒拿到，監視器也沒拍到，我怎麼敢一口咬定是他幹的呢？

我要講的是我家樓上的鄰居，姑且稱他為C吧。

C是個「極品」，或者說，他全家都是「極品」。

C的老婆經常把整袋垃圾扔進電梯裡，因為她懶得下樓倒垃圾，只想讓打掃電梯的打掃阿姨幫她扔，搞得整個電梯臭烘烘的。有一次，一個老人踩到被扔進電梯的果皮摔倒了，老人家屬去管委會調監控，發現是C的老婆所為，就把監控畫面截圖列印出來，貼在電梯裡，警告她以後不要再亂扔垃圾。結果卻惹得C的老婆在業主群裡破口大罵。

C的小孩精力旺盛。在「貓嫌狗棄」的年紀裡，不管多晚，都在家不穿拖鞋地玩鬧，「咚咚咚」的聲音吵得我那本來就患有失眠症的妻子更加難以入睡。我曾上門理論過很多次，對方完全不聽。

C喜歡抽菸，抽完了就直接從窗戶往下扔，有一次差點點著我曬在外面的被子。

—— 請說出三條支撐你活下去的理由。
—— 我胡三六條，六條讓人槓了。

還有各種生活上的糾紛不勝枚舉。

言歸正傳。我在社區裡租了個地下車位，一年一千四百四十元（以下皆為人民幣）。我的工作是上班三天，休息三天。也就是說，我的車位通常有一半時間都處於空閒狀態，這一點也被C發現了。我瞭解他自己沒車位，之前經常將車停在別人家的車位上，或者乾脆停在消防通道裡，管委會批評過很多次，他都不聽。後來我換了班，不在家的時間剛好反過來了。我這才發現，我的車位經常在我毫不知情的情況下被C給占了。

我打電話給管委會，管委會隨後通知C要他挪車。本來是天經地義的事情，結果C趕過來之後，態度異常惡劣，說這個車位他經常停，要他過來挪車沒道理。

真是把我氣壞了。

我指著車位上的車牌號碼標記問他：「你看清楚，這上面寫的是誰的車牌號碼？」

他狡辯說：「反正空著也是浪費，我怎麼就不能停？」

我反駁他：「你家白天也空著啊，不如把你家鑰匙給我，我明天白天去你家睡覺行不行？」

和這種人多說無益，我停好自己的車之後就回家了。

第二天，我送妻子上班，突然發現我的車牌被掰彎了，還有一個車燈被踢碎。

我當然知道這是誰幹的，於是馬上去管委會調取監控。結果管委會尷尬地告訴我，我的車位那邊沒有對應的監控設施，還問我是不是得罪什麼人了。我說我自己心裡清楚，隨即找管委會要到了C的電話號碼，與他進行了如下通話。

我：「你占了我的車位，我要你挪車，你就報復性地砸我車？」

C：「我聽不懂你在講什麼。」

我：「你把車牌和車燈損失賠給我，這事就算了。」

C：「你說什麼？你算什麼東西？」

我：「最後一次機會，賠償，這事就算了。不賠，後果你自己承擔。」

C：「你有證據就去告我啊！去告啊！蠢貨！」

罵了我一句之後，他還特別得意地補了一句「你有證據嗎？」隨後掛了我的電話。

我打電話給保險公司，請他們前來估算損失。業務員問我什麼地方壞了，我告訴他，是車燈，當時就把業務員嚇得聲音一抖，風馳電掣地跑到我們社區來了。業務員的估算結果是七千多元。拿著估價單，我心情愉悅地去派出所報警了。

說到這裡，看起來我好像什麼證據都沒拿到，監控也沒拍到，我怎麼敢一口咬定是他幹的呢？

答案是行車記錄器！

——請說出三條支撐你活下去的理由。

——我胡三六條，六條讓人槓了。

現在很多行車記錄器都帶有停車監控功能。在我鎖車後，記錄器裡的內置電池會以極低的功耗運行，在此期間，車輛周圍只要有人經過或者產生震動，都會記錄下來。也就是說，我車上的行車記錄器清晰地記錄了他踹我車燈的全部過程。

到了派出所，我向警察報案，同時出示了我的估價單和記錄器影像。由於涉及金額較大，案情清楚，警察很快就立案了。我拿著立案回執回到家，當天下午就接到了C的電話。

大概是收到了派出所的通知，C的語氣明顯沒有早晨那麼囂張。C問我車燈多少錢，他可以賠，但要我先撤案。我很明確地告訴他，不可能。C在電話裡哀求，說自己一時衝動，知道錯了，要我得饒人處且饒人。我再次回絕了他，告訴他不可能，心裡想著，你平時幹的那些事，自己心裡沒數？

這個時候，C有點失控了，衝我喊道：「你不就是想要錢嗎？你家人窮死了，等著這個錢買棺材是吧？」

「我不缺錢，法院判多少我拿多少。千金難買我高興。你的行為已經構成犯罪了，你剃個頭收拾下衣服準備進去吧。」我掛了電話。

過了大概一個小時，我接到派出所警察的電話，說這個案子希望能調解一下，畢竟不是什麼大事情。警察叔叔的話還是要聽的。我到了派出所，警察開始調解：「你們倆是鄰居啊，搞成這樣子不好。賠個錢就把這事了結了吧！」

按道理，警察叔叔把話說到這個份上了，也給你台階下了，再蠢也該懂得這個時候應該賣個乖。

然而C卻開始在這裡糾結車燈的價格問題，說一個破車燈這麼貴，絕對是在敲詐他。C的老婆也在糾結，嚷嚷著就這麼點小事為啥能立案，警察是不是跟我一伙的，是不是收了我的錢……派出所副所長聽得火冒三丈，在旁邊記錄的小警員也在冒汗，大概沒見過這樣的「奇葩」。

等他們絮叨完了，我對警察說，我覺得他們兩口子這樣的態度已經沒有調解的必要了，公事公辦吧。副所長估計被C的老婆氣得夠嗆，旋即點點頭。

調解失敗，C直接被刑拘。

刑拘肯定是要上法庭的。警察告訴我，這個案子量刑不會太重，最多也就判兩年。兩年？足夠了啊！有了案底，首先C的事業工作就沒了。這輩子他和他小孩都與公家飯無緣，這就夠了。

隨後的幾天裡，C的老婆和家人開始透過各種方式聯繫我，說願意賠我三萬塊，希望我能出具一份和解書，畢竟坐牢和緩刑還是有區別的。

我一律封鎖。

—— 請說出三條支撐你活下去的理由。

—— 我胡三六條，六條讓人槓了。

後來C好像被判了一年多吧，同時附帶民事責任，賠了我七千多塊錢。

後續情節：

C被刑拘後的第二天，C的老婆聯繫我，想要我開具和解書，我直接封鎖了她。這個事過去了我正好打算開始休假，帶著妻子出去玩了幾天。然而休完假回來後，同一層的鄰居告訴我，C的老婆居然想在我家門口堵我，結果敲了幾天門都沒人應。

判決結果出來後，他家非要上訴。最終結果是維持原判，但法院判賠的七千多塊，他們過了三個多月都不肯給我。後來法院通知C的老婆，做「老賴」沒好下場，再不賠錢就會被拉進「全國法院失信被執行人名單」（俗稱「黑名單」）。C的老婆也是厲害，嚷嚷著：「我以後不坐高鐵，不坐飛機，拉進『黑名單』對我沒影響！」當時就把執行局的法官逗笑了——沒見過這麼蠢的。

法院清點財產後發現，C家的那台車子正好在C的名下。法官直接告訴C的老婆，一旦我申請強制執行，法院會直接拖車去拍賣，看看你家那台車值不值七千塊。

過了兩天，C的老婆終於去法院繳了罰款，緊接著被告知還需要補繳利息。

二

某天晚上，我的一個富二代兒時玩伴（以下簡稱「兒時玩伴」）打電話問我，他車子的保險是由哪個保險公司承保的。他的車是某知名品牌，從買車到上保險，大多是我幫他一手操辦的，所以，這些細節他自己都不清楚。我當時就無語了——你這個傻瓜，買了車不到一個月就撞人了？

「沒有，是別人撞了我。我現在帶他去醫院。」兒時玩伴說道。

聽說他沒事，我鬆了口氣，但到了醫院我打他電話，他就是不接。正好我看到急診科有一名交警，大約是跟著我兒時玩伴過來處理事故的。我趕忙上去遞了根菸，問XX（兒時玩伴名字）是不是出事故了？他人在哪？

交警問我是他什麼人，我說我是他兄弟。交警說：「那你趕緊去急診科，你兄弟被人打了，而且傷得不輕。」

我嚇壞了，趕忙跑到急診去。只見兒時玩伴滿臉是血，疼得「嗚嗚」叫，醫生護士正在手忙腳亂地為他處理傷口，把匆匆趕過來的我趕到一邊，要我去幫他付錢跑流程。

看著急診室忙得雞飛狗跳，我拉過那位交警想問問怎麼回事，剛要開口，派出所的警察又來了幾個，向交警詢問情況。聽著交警警察你一言我一語的，這才瞭解事情原委。

—— 請說出三條支撐你活下去的理由。

—— 我胡三六條，六條讓人槓了。

事情的經過是這樣的：兒時玩伴開著他的愛車在直行道上等紅燈時，一個十六歲的「熊孩子」，邊騎電瓶車邊玩手機，同時在兒時玩伴所在那條直行道的對面逆行，並闖紅燈向右轉。這個時候，左轉綠燈亮了，左轉車輛正常行駛，熊孩子為了避讓左轉車，龍頭一往左，正巧撞到了兒時玩伴停在直行道上等紅燈的車。

就這樣，這位只用一隻手扶著車把手的熊孩子直接撞上了我兒時玩伴的車，結果電瓶車撞廢了兒時玩伴車子的ACC探頭，熊孩子撲到了車子的引擎蓋上，頭撞破了前擋風玻璃，撞出了傷口，但是並不嚴重。

發生了這樣的事故，我兒時玩伴第一時間撥打了交通事故處理單位的號碼和求救號碼。交通事故處理單位告訴他，車子會被拖走，要他把車裡值錢的東西先拿走。車子被拖走前，兒時玩伴很機智地用手機App把行車記錄器裡的車禍影像下載了下來。

既然熊孩子受傷了，那就趕緊送醫院唄。由於車被拖走了，交警便帶著兩位當事人去了醫院。兒時玩伴雖然是個富二代，但為人特別忠厚老實（後面你就會發現忠厚老實容易被人欺），到了醫院趕忙去收費窗口為熊孩子排隊付錢。因為熊孩子未滿十八歲，於是交警通知他的家人來醫院解決事情。

為熊孩子付完錢，交警開始詢問事情的詳細經過。行車記錄器真乃神器啊，影像給交警一看就妥了。交警看完說，司機肯定沒責任。這回撞成這樣，熊孩子回去可能要挨打了。

兒時玩伴正跟交警聊著呢，熊孩子他哥來醫院了（這裡簡稱他為「大熊」吧）。大熊看到交警，徑直走過來問：「我弟怎麼樣了？」

「沒多大問題，在包紮呢。」交警說。

然後大熊又轉過頭看著兒時玩伴：「你就是撞我弟弟的那個人？」

「不是，我沒撞……」兒時玩伴話還沒說完，就直接被一拳打在了臉上，被一腳被踹倒，鼻梁又被一拳打成骨折，肋骨再被一腳踢折了一根。

你說這大熊的力氣有多大吧。

大熊把我兒時玩伴打倒後，交警趕緊過來拉架。但是大熊身高體壯，一個交警根本拉不開他。大熊還對著兒時玩伴踹了好幾腳，說他弟弟要是有個三長兩短，就要讓兒時玩伴償命。

好不容易拉開了大熊的交警看我兒時玩伴滿臉是血，趕緊叫醫生帶去急診室。看到有鬥毆，而且當事人傷情挺嚴重的，交警也沒轍了，於是呼叫了派出所的警察，畢竟這種鬥毆糾紛交警管不了。

熊孩子雖說撞了車，但並沒有危險。額頭撞破了玻璃只是流了點兒血，傷口並不深，很簡單的包紮就搞定了。交警和警察一起訓斥了大熊，說你弟弟騎車不好好騎，撞

—— 請說出三條支撐你活下去的理由。
—— 我胡三六條，六條讓人槓了。

了別人的車，人家也沒說什麼，還好心好意送你弟弟來醫院，又為他付了錢。你怎麼過來不分青紅皂白就打人？就算是別人開車把你弟弟撞了，你過來就能打人嗎？

知道了真相的大熊低著頭不吭聲了。交警又訓斥熊孩子：「要你叫你父母來，你怎麼叫你哥來了？你哥才十八歲，他有多少人生經驗啊？」

原來這會兒正是放暑假，加上父母不在身邊，熊孩子就有點調皮出格了。事故發生後，熊孩子怕父母知道了會挨打，就報了他哥的手機號碼給交警。他哥也只是個剛考完大學的學生，啥也不懂，還是個急性子，來到醫院就把我兒時玩伴打得慘不忍睹。

警察隨後去急診瞭解了我兒時玩伴的傷勢——兩處骨折，已經夠治安拘留標準了。雖然大熊已成年，但是考慮到他沒什麼社會經驗，其實也是個小孩，警察就聯繫了他們的父母。他們的父母這時正在外地喝酒，一聽說兩個孩子出事了，馬上表示他們第二天一早就趕回來。

警察看了看大熊和熊孩子，過來跟我說明情況。按道理，把人打成這樣，大熊是要被拘留的。但是考慮到這兩個熊孩子的父母不在身邊，熊孩子又有傷，需要他哥照顧，就先不拘留了。何況他們父母答應明天回來處理這事了，到時候先做個調解。如果調解不成，再公事公辦。

警察叔叔都這麼說了，我哪有不從的道理，於是留下了手機號碼，說我能代表我兒時玩伴全權處理這些問題，隨後警察就回去了。兒時玩伴堅持不讓我把這件事告訴他正在外面旅遊的父母，我說你安心養傷吧，這些事我來幫你搞定，然後我就在醫院陪了他一個晚上。

第二天一早，我招呼我另外一個兄弟來醫院照顧兒時玩伴，自己先去交警隊為他處理事故及損失估價事宜。保險公司估價結果是，車子的玻璃需兩千兩百元，ACC探頭需兩千四百元，引擎蓋鈑金噴漆需一千兩百元，左前葉子板鈑金噴漆需一千元。

估價單剛剛開好，熊孩子的父母就打來電話問我在哪，我叫他們先來交警隊處理交通事故。

交警根據調出來的路口監控和行車記錄器影像判定熊孩子全責。熊孩子的母親沒說什麼，但是熊孩子的父親（以下簡稱「熊爸」）卻有異議：「難道不是只要電瓶車和汽車撞了，汽車都要負一成責任嗎？」

交警被氣笑了：「來，那你說說看，汽車在這件事裡面有什麼責任？」熊爸一時語塞，只得在責任認定書上簽了字。

交通事故處理完，下一步該去派出所處理大熊打我兒時玩伴的事了。考慮到交通事故處理完都到了中午，我也覺得吃了午飯再談比較好，於是和熊爸約定下午一點半去派出所處理。

—— 請說出三條支撐你活下去的理由。

—— 我胡三六條，六條讓人槓了。

送走熊爸，我開車回醫院看兒時玩伴。由於鼻梁受傷，兒時玩伴說話吃飯都很困難，只能吃點流食。我另外一個兄弟脾氣火爆，直接提出要不要把大熊和熊孩子揍一頓。我問兒時玩伴這事打算怎麼處理，他說小孩子年紀輕脾氣大，或許聽到弟弟被人撞了，一時「護弟心切」才打人的。算了，賠錢了事吧。不然真要是被刑拘，大熊的名聲也就毀了。賠錢標準按你的意思來吧，這方面你懂，聽你的。

下午一點半，雙方在派出所調解室準時集合。警察首先開腔：「這事呢，可大可小。事大了對孩子不好，最好能把這事和平解決。」然後問我：「你們這邊有什麼要求？」

我說我方要求挺簡單的：第一，道歉。兒時玩伴在這事裡沒任何責任還被打成這樣，要求對方道歉是肯定的；第二，賠償。車損這塊，保險公司已經估價了，單子在這裡，不敲詐你錢。你要是覺得貴了，可以自己去跟原廠經銷商談價格。醫藥費這塊，我們在醫院花了多少錢你們都得報銷，然後加上無法工作損失，你們賠個四萬塊錢左右就差不多了。

警察又問熊爸：「你的意思呢？」

熊爸抽著菸冷笑道：「車損要那麼多錢？你不是敲詐是啥？受點小傷，就要賠四萬塊？你的良心都讓狗吃了吧！」

我說：「你的小孩把人打成那樣子都夠拘留了，人家警官考慮到你家熊孩子的前途才沒拘留。你說說我這些要求，哪個算是敲你了？」

話不投機半句多，熊爸氣哼哼地走了。我說，警官您直接依法拘留吧。警察又過來勸我說：「他小孩馬上就要上大學了，真要被拘留又判了刑，對你兒時玩伴影響也不好。到時候大伙兒說他『得理不饒人』多不好。再調解一次吧，我來勸勸他家。如果真談不攏，那就該怎麼辦怎麼辦，好吧？」

警察叔叔的面子還是要給的，我也能充分理解他們的難處。於是，警察又打電話約了一次熊爸，要他明天早上再過來，並稱這是為他小孩著想。

回到醫院，我的汗登時便流下來了——兒時玩伴的父母回來了。一聽說自己的兒子被打，趕到醫院去又看見傷得那麼嚴重，兒時玩伴媽媽當場就哭了。聽我說完派出所的調解過程，兒時玩伴爸爸氣得就要找人收拾熊孩子一家。我苦口婆心把兒時玩伴他爸給安撫下來，勸他說，我們明天再去派出所調解一下試試。

第二天一早，兒時玩伴的父母跟著我一起去了派出所。熊孩子父母加上亂七八糟的親戚來了五六個，而且看神情不像是來調解的，更像是來吵架的。兒時玩伴父母是商界精英，氣場強大，雖然加上我一共才三個人，但是氣勢上一點也不輸對面。

調解就在這種詭異的氣氛裡開始了。警察先開口，對熊爸一家說：「這個事總是要解決的，你小孩犯的錯很大，對別人造成的傷害也很大。現在又考慮了一晚上，你覺得怎麼解決？」

熊爸表示，道歉，這個肯定會有，醫藥費也全掏，但是車損最多賠三千塊。「擋風玻璃加兩板面噴漆要六千八百塊，這不是敲詐嗎？」至於無法工作損失和營養費，最多賠一萬塊錢。

熊爸說完這些，警察在一旁便無語了。看來昨天勸的話，熊爸一家子根本沒聽進去。

然後我兒時玩伴的父母表態了：「車損也好，醫藥費也好，你們不出都沒事。我兒子、我兒子朋友提出的要求都很厚道，不求你們感激，但你們用這種傲慢的態度來講話，我覺得沒有談下去的必要。我們提出的要求，必須做到，沒有討價還價的餘地。做不到，就免談了。」

這會兒，「熊家」的親戚們開始你一言我一語地說風涼話了：「開豪車了不起呀，還不是死要錢」、「當自己身體多金貴啊，鼻子打破了就要賠四萬。」

兒時玩伴父母聽到這些風涼話，直接跟警察說，我們不接受調解了，現在要報案。

熊家的人這下子才緊張起來，連忙說：「還能談！這樣，車損我加到四千，賠償加到一萬五，這總行了吧？」

「我家不缺這個錢。」兒時玩伴母親的這句話是咬著牙說出來的。

往後的事情就簡單了。大熊因為犯故意傷害罪被依法刑拘。由於案情簡單，公安局結案便直接移交檢察院提起公訴。到了法院開庭時，「熊氏一家」又哭爹喊娘地求原諒，說我們之前提出的條件他們全答應。

此時此刻，兒時玩伴父母壓根不想理他們。大熊拿到了錄取通知書，但是上不了學了。

—— 請說出三條支撐你活下去的理由。

—— 我胡三六條，六條讓人槓了。

極品相親記

說好的要包廂方便聊天呢？怎麼妹子坐得那麼遠，左右數來都和我隔著三、四個人？

今年四月份，我跳槽到某房地產公司，上班第二天，食堂一個阿姨見到我，打量了一番便問道：「小伙子，挺帥呀，新來的吧？」我說是啊。然後她就開始打聽我多大呀，叫什麼名字呀，在哪個部門工作呀，有沒有女朋友呀，我都一一坦誠回答了。

緊接著，第二天我正吃著飯，那個阿姨就過來了，說她有個外甥女比我小一歲，看我人不錯，想介紹給我。我心裡犯嘀咕，您就見過我兩次，除了知道我長得還可以之外，就能直接看出來我人不錯了？這麼厲害嗎？我第一反應當然是拒絕。

結果，這位阿姨開始玩命似的向我推銷，說她外甥女很好的，是舞蹈教練，長得又好看，性格又好……一邊「嘩嘩」地給我洗腦，一邊建議不如週末約個時間一起吃個飯瞭解一下。我終於抵不住她的語言轟炸，本著「見一面又不會死」的想法，先答應了下來。阿姨就推了微信給我，我看了看頭像，對方還是個鋼管舞教練，身材樣貌看起來都不錯……

回到辦公室，我隨口吐槽了一句，食堂某個阿姨真熱情，還幫著介紹對象。我旁邊倆同事（男性）聽完，突然盯著我看。其中一個問我，你沒有答應她見面吧？我說我受不了她一直嘮叨，就答應了。兩個同事的眼神好像流露出了一點同情，但也沒說什麼。

我隱約預感到，事情好像沒我想像中的那麼簡單。

到了週末，我還是用心地打理了自己，拿出了只在畢業時用過一次的古龍水。本著和女生第一次見面要留個好印象、一定不能遲到的心態，我提前半小時就到達了約好的飯店。我用微信告訴對方我已經到了，她回覆說不要在大廳，不好聊天，安排個包廂吧。我就安排了個包廂，告訴她在玫瑰房，便開始安靜地在房裡邊喝茶玩手機邊等著她。

高潮來了。在等了大半個小時後，門突然被推開了。我連忙起身相迎，準備幫她拉個椅子什麼的，結果定睛一看，進來的是一對中年夫妻。我傻了，以為他們是走錯包廂的客人。沒等開口問，又有幾個人走了進來——一個中年大叔、兩個年紀相當的青年男女、一個看著十四、五歲的小男孩攙著一個老婆婆。在隊伍的最後，食堂阿姨和微信頭像上的那個女生一邊小聲聊天一邊笑著走了進來。

我傻站在一邊，還沒清醒過來，食堂阿姨就開始為我介紹：「這是我外甥女婉晴，

—— 請說出三條支撐你活下去的理由。
—— 我胡三六條，六條讓人槓了。

這是婉晴的外婆，這是我妹妹妹夫，也就是婉晴爸媽（中年夫妻），這是婉晴的姐姐夫（青年男女），這是婉晴的弟弟（小男生），這是我丈夫（中年大叔）……」我心裡「萬馬奔騰」，但嘴上還是得一個個打招呼。

眾人落座。

嗯？說好的訂包廂是為了方便聊天呢？怎麼和我相親的對象坐得那麼遠，左右數來都和我隔著三、四個人？這家人還直接落座點菜，都不客氣一下，問我點些什麼。九個人點了十六道菜，你們是不是都餓了一整天只為了來吃這一頓飯？還有叔叔，我都說了我是開車來的，不喝酒，你點了瓶ＸＸ（酒名）幹嘛？除了開頭的寒暄客套，介紹了幾句名字年齡幾口人以外，都不敷衍我一下了嗎？自己家人有說有笑就這麼吃起來啦？

不知為何，我的心裡好像堵了一口氣，看著他們毫無胃口……

嗯？到了吃完結帳的時刻，一家人集體低頭玩手機又是什麼情況？我就象徵性吃了兩口青菜而已呀，這是在等我自覺去結帳？我長得像冤大頭嗎？

那就大家一起坐著玩手機好了！反正我帶了充電寶，還是兩萬毫安的！

就這樣，大家一起靜坐了十五分鐘，女孩的媽媽終於出聲了，對著老婆婆說：「媽，你看差不多到休息時間了吧。」老婆婆回應：「是呀，有點睏了……」呵呵，現在八點還沒到，就差不多休息時間了？您老人家剛剛吃飯的時候，分明精神矍鑠，手腳利索！

我裝作沒聽見，又過了幾分鐘，食堂阿姨發微信給我說：「出來，我提點你兩句。」之後她一邊打哈哈說要上個廁所，一邊拉了我衣角一下。

等到了走廊，她便開始「提點」我：「他們一家人對你都挺滿意的，你應該再努力表現一下，留個更好的印象，事或許就成了……」呵呵，看來真的是把我當傻子了。這家人聊天聊的啥內容我都聽得一清二楚，合著他們是用「意念傳音」告訴你他們對我很滿意嘍？說不定他們連我叫什麼名字都忘了，還說什麼「留個好印象」……

我心裡雖這麼想，但表面功夫還是做得很足。我說：「您先進去，我去收銀台。」

我還真的去了收銀台，拿起帳單看了一眼，嗯，光那瓶酒就九百九，全部加起來有兩千三百多塊。

我藉口忘拿手機，轉身回去溜到廁所方向，直接從後門出去了。上了車以後，我掏出手機轉了三百塊給食堂阿姨，備注「份子錢」，然後就把阿姨和那女孩都拉進了黑名單，一腳油門揚長而去。

週一回到公司，發現食堂阿姨正在滿世界地抹黑我，說她好心好意介紹對象給我，我卻吃完飯不給錢，丟下妹子就跑了……但是非常奇怪，辦公室裡壓根沒人議論我，很多人看見我都捂嘴笑。

——請說出三條支撐你活下去的理由。

——我胡三六條，六條讓人槓了。

隔壁同事告訴我，這阿姨在這工作兩年多了，我是第六個「上套」的新人。這婆娘專門坑那些單身新同事，不過比較不同的是，以前上套的，都會乖乖付飯錢，吃了個啞巴虧，之後才和同事們吐槽老阿姨介紹對象坑人。我是第一個被阿姨吐槽的。

我埋怨這位同事之前怎麼不提醒我一下，他告訴我，以前有個新同事也樂呵呵地說這阿姨介紹對象給他，真熱心。然後有老同事提醒他，叫他別去，是個坑。他反過來說那個老同事嫉妒他，看阿姨沒介紹對象給自己就勸別人也別去。有這樣的「呂洞賓」被「咬」過，以後就再沒有人提醒新人了。

校園裡的「掃地僧」

我把他不多的書籍整理了一下，一些發黃的信件扔進了垃圾桶，最後打開一個箱子，裡面是他一直穿的那幾件襯衫。我拿出襯衫，在箱子底部發現了一份他的畢業證書。

我過去曾在我們縣城的中學讀書，初二的物理老師當時已經快八十歲了，身形削瘦，襯衫總是很整潔，卻出了名的酗酒。我去他家（就在學校裡面）玩兒的時候發現，他家裡有一面牆都是用酒瓶壘起來的。

他上課很隨性，講重點時不像別的老師那麼愛寫板書，經常就只用粉筆點一些點，號稱自己寫的是「密碼」，快下課的時候會隨機叫一個學生起來，要他把那些「密碼」翻譯出來，其實就是回顧他說過的重點。如果沒有人答出來，他就叫我起來，我一般都能回答正確（畢竟直到高中畢業我物理考過的最低分是九十六分）。他安排的作業很少，一般每節課只留三道普通的題目和一些思考題。

當時隔壁班的物理老師是個年輕人，還是我們當地師範大學的應屆研究生，比起我

—— 請說出三條支撐你活下去的理由。
—— 我胡三六條，六條讓人槓了。

們的物理老師確實看起來更加活力四射。我們班很多學生的家長就不高興了，想讓那個年輕的研究生來教我們班。有次週末，我媽媽接到了一個家長的電話，說他們一群家長想組織起來去向校長請願，原因是我們的物理老師講課太差，想換成隔壁班那個研究生。

我媽媽問我：「你們物理老師講課很差嗎？」

我一邊打遊戲一邊說：「講得很好啊！」（主要是因為作業少，而且我個人也比較喜歡他。）

我媽媽就打電話回絕了那些家長的請求，理由是我每次物理都是年級第一，去參加這個請願不太合適。

最終，那幾十個家長的請願並沒有發揮作用，我們的物理老師依然是他。

我當時已經在縣城圖書館借了一些大學物理教材在讀，遇到不懂的就去問他。其實一開始，我的小心思是想炫耀一番，覺得他一個老頭，只教初中，問這些他一定不知道吧。

但他總是能回答我所有的問題，有時候還會跟我說那些物理發現背後，科學家們如何用信件交流思想，如何爭吵，如何實驗驗證，最後如何發表論文，那些論文當時又有哪些回響和質疑等等。我也就當故事聽了。

初二暑假的時候，他去世了。因為他沒有子女，我們年級主任便打電話給我和另外幾個同學，要我去他家幫忙把東西收拾收拾，書籍就交給學校圖書館，其他東西就扔一扔。

最後只有我過去了。我把他為數不多的書籍整理了一下，把一些發黃的信件扔進了垃圾桶，最後打開了一個箱子，裡面是他一直穿的那幾件襯衫。我拿出襯衫，在箱子底部發現了一張他的大學畢業證書。

我沒有向任何人說起我的發現，那張畢業證書我在學校後面的草地上燒了。

後來，我去了中國最好的物理系讀大學，又留下來繼續讀研究所。有一次，院裡來了一位南非某大學的大氣科學系教授作報告，老師介紹他是劍橋大學畢業的，並且說他當時穿的襯衫就是劍橋的校服。

那件襯衫我很熟悉，因為我見過一件相同的襯衫，就放在那張英文畢業證書上頭。

—— 我們奮戰，不是爲了改變世界，

而是爲了不讓世界改變我們。

奔喪記

我爸說他這輩子沒服過什麼人，這位老闆算一個，這位乞丐算一個。

讓我為各位說個暖心的故事吧。

這是十幾年前的事。

一個拉麵館的老闆，為人很和善，拉麵館生意挺不錯的，也賺了不少錢。這家拉麵館離泰州火車站不是很遠，經常有一個乞丐到拉麵館討一口麵吃，老闆從來沒有拒絕過。只要乞丐過來，不等乞丐開口，老闆必然朝後廚喊一聲：「一碗蘭州拉麵，加大塊肉！」

乞丐在那吃了幾年麵，老闆分文不收，都快成泰州的一道風景了，泰州那邊應該還有人聽說過。

後來，老闆的老婆生病了，治病花光了老闆所有積蓄，人還是沒能留住，走了。

禍不單行，老闆的兒子在回家弔唁的路上出了車禍，送到醫院幾個小時後也走了。

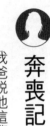

老闆聽到這消息，直接暈了過去。醒來之後，這個一百八十五公分的漢子，癱在地上號啕大哭，說：「我孟爾喜這輩子就沒幹過傷天害理的事，還當兵扛槍，捐錢修路。我這輩子就一個老婆和一個指望，你老天爺一個都不留給我，這是要我死啊！」

我爸當時帶著我在旁邊，一邊拉著他一邊也跟著哭，勸他說：「爾喜你別太傷心，孩子都去了，你這樣哭著，孩子走都走得不踏實。先把孩子從醫院裡接回來，不能讓他一個人留在醫院。」

老闆整個人都沒了魂，就癱在地上，連爬起來的力氣都沒有。最後還是我爸帶著幾個本家叔伯去醫院把老闆兒子的遺體接回來的。老闆在家等著兒子回來，看到兒子的遺體，又昏厥了過去。當時一個老人說：「壞了，這口氣窒在喉嚨裡了。」嚇得幾個本家叔伯連忙掐人中潑冷水，最終，老闆人是激醒了，但魂也丟了，哭都哭不出來，就愣在那裡，完全不知道該幹什麼。

老闆一下子失去兩個至親，基本上是沒了生活的希望。拉麵館這些年賺的那些錢全部花在了老闆娘的病上。但老闆娘跟兒子的後事得操辦啊，當時我爸跟本家叔伯商量，幾家湊錢，把喪事風風光光地辦了。

老闆知道後，回過神來了，強撐著說：「不行，這輩子我孟爾喜沒欠過人。」

我爸苦勸，說：「爾喜，你家現在什麼情況大家都知道，自家弟兄談什麼欠不欠？」

老闆死活不答應，說：「有勞弟兄幾個幫我把我老婆孩子先送回老家，我要辦點事。」

這哪能讓人放心啊！

我爸說：「這不行，你要辦啥事招呼一聲，自家兄弟你還信不過嗎？」

老闆說：「你是我兄弟，沒有信不過這一說法。但是我爾喜這輩子不欠人，不能讓我老婆兒子死了還不安心。你幫我把老婆兒子先送回老家，我爾喜辦事不拖沓。你就幫了你哥哥這個忙，我求你。」

我爸沒辦法，想留一個本家叔叔陪著老闆，老闆堅決不同意。

最後，我爸跟幾個叔伯帶著老闆娘跟老闆兒子的遺體回了他的老家。

我也忘了是幾天後，老闆回來了，拿著三萬五。我爸一見，說壞了，爾喜這個「腦衝」的，怕是要把店給「平」了。

一問，果然，老闆把店給賣了。賣了七萬五千塊錢，四萬給員工結了帳，店歸了別人。

我爸說那家店再怎麼賣，也不能低於十二萬。

為了趕緊弄到錢，老闆就這樣把店給賤賣了。

當時我爸覺得特別奇怪，私下跟我那幾個叔伯說，這不應該啊，嫂子這病是花了不少錢，爾喜手頭緊我們是曉得的，但也不至於說連店都要賣了給嫂子和咸方（老闆兒子）送路啊。

我爸也後悔，說早知道這樣，說什麼都不可能讓爾喜把店賣了。主要是當時所有人都沒想到老闆家已經到了這一步，得賣店才能為老闆娘和兒子「送路」。

後來我們才知道，老闆賺的那些錢，有很大一部分都捐給了山裡，這「很大一部分」不是小數目，差不多是老闆那些年收入的一半。

出殯前一天，天還沒亮，門外來了個乞丐。

那乞丐問：「這是那孟老闆的家嗎？」

老闆出來一看，這不是那個吃麵的乞丐嗎？

老闆說：「老哥哥，你怎麼找到這裡來了？」

乞丐說：「我前幾天去你那店吃麵，沒人在，我便到處打聽你住哪，一路問過來的。」

老闆說：「老哥哥對不起啊，我家不開店了，你不嫌棄，就來我家吃碗飯。」

乞丐說：「知道你家出事了，也知道你把店賣了，我想著你肯定要錢用。」

乞丐從身上掏出了一個裹得嚴嚴實實的小包，使勁地打開，說：「我要了這十幾年飯，這裡有兩千四百三十七塊六，我數了好幾遍，你老闆不嫌少，看得起我，就拿去。」

老闆聽完，跪在地上，抱著乞丐號啕大哭，說老哥哥，我命苦啊！老婆兒子都不要我了！

乞丐也哭了，說好人沒好報，老天爺不長眼。

當時，在場的人，包括我爸，都哭了。

從泰州到姜堰，幾十里路，從姜堰再到老闆老家蔣垛，又有幾十里路，我不知道那個乞丐是怎麼一步一步找到老闆家的。從泰州到蔣垛，乞丐幾十里路一步一步走過來，到了蔣垛，在人生地不熟的情況下打聽到老闆的家，只為了送上十幾年要飯得來的錢給老闆，報那些年的「麵恩」。

幾十里地聽上去不多，但這是直線距離。乞丐真正走出來的，怕是有兩百多里，一步一步走，邊走邊乞討。

我爸說，他這輩子沒服過什麼人，老闆算一個，乞丐算一個。

我爸告訴我，老闆、乞丐，這兩個人身上的東西，你這輩子都學不完。

我深以為然。

老闆是個好人，現在還在蔣垛生活，種種農地，平常見面還會喊我，叫我爸陪他喝酒打牌。

乞丐就不知道去哪兒了。那筆錢老闆沒要，但是乞丐把錢袋偷偷塞到了老闆家門口旁邊的牆洞裡，這也是我們之後才發現的。

我們只知道乞丐在老闆家人出殯後就走了，誰也不知道他去哪了。乞丐走時身無分文，他這些年過得怎麼樣更無從知曉。

有些人，天生不知道感恩，認為別人對他的一切付出都理所當然。

但你要相信，更多的是像乞丐這樣的人。好人永遠比壞人多，這也是人性。

乞丐姓朱。

不管怎麼樣，我相信好人是終有好報的。

—— 我們奮戰，不是為了改變世界，
而是為了不讓世界改變我們。

我的同學阿悶

那晚月明星稀。十五歲的阿悶，我遇見過最無趣的女孩，失聲痛哭，聲音嘶啞。
而她揪禿的那片草，直到我高中畢業也沒能再長出來。

二〇一三年的夏天，我剛上高中，被分到和一個沉默寡言的女生同桌。她留著厚重的瀏海，還有些少年白，臉上星星點點的雀斑像一盤凌亂的五子棋。她抱著書坐到我旁邊的時候，身上還有一股衣服長時間沒洗的霉味。怎麼看，她都不是一個討人喜歡的女生。

她大概是我見過的最悶的人了。出於好奇，我暗暗觀察了她一個星期，終於得出結論：她一週洗一次頭髮；沒有任何娛樂活動；中午只吃番茄雞蛋蓋澆飯；晚自習下課就回到宿舍睡覺；上課從來不回答問題。老師若是哪次提問到她，她就站起來，怯懦地搓著衣角，嘴唇發白，一言不發。

這樣無趣的人倒是更惹人好奇，難道她的大腦都不分泌多巴胺？

──我們奮戰，不是為了改變世界，
而是為了不讓世界改變我們。

懷揣著拯救這個自閉少女的英雄情結，和她坐同桌的第一個月，我用盡渾身解數想打開她的話匣子——「你看這個新出道的男藝人好帥喔！」；「你看你看，我今天穿的這個裙子配不配我的髮型啊？」；「你說我們班後排那個ＸＸ有沒有女朋友啊？」……諸如此類。而不幸的是，我成功地以我的「熱臉」貼了她的「冷屁股」。

在又一次得到她冷漠的回應「嗯」、「喔」、「還行」之後，我翻了個大大的白眼，心想真是活該你不討人喜歡。自此我再也不主動和她攀談，還在桌子上畫了「三八線」，她只要越過一次，我就故意大聲提醒「喂喂喂，注意了啊！」然後心頭湧上報復的快感。她也不做回應，仍舊活得像一個沒有思想的木樁，沒有存在感，沒有情緒，沒有反應。

我為她取了一個貼切的外號——「阿悶」。

有一次，全國中小學生都經歷過的「感恩勵志演講」來到我們學校。演講現場群情激奮，台上的禿頭男人慷慨激昂唾沫四濺：「當你生病的時候，是誰哭著爬起來半夜帶你去醫院?當你失意的時候，是誰一直在你身邊照顧你安慰你?我曾看過一個新聞，一個大火中保護自己孩子的母親，全身的皮膚被燒傷了90%，當她終於被搶救過來，問的第一句話就是'我的孩子怎麼樣了?這就是父母啊！是你的父母！！是你最親的人！！！」台下的青蔥少年們熱血沸騰，熱淚盈眶，幾千人跟著禿頭男人大喊：「爸爸媽媽我們愛你！爸爸媽媽我們不孝！」

我看著周圍泣不成聲的同學們，意識到自己好像也應該哭一哭，不然是不是會被當成「鐵石心腸」。但是我真的覺得這種喊口號沒有實際行動的孝心毫無作用，甚至還很好笑。正在我醞釀好情緒準備擠眼淚的時候，那顆熟悉的少年白成功引起了我的注意。劇烈聳動的肩膀，在嘈雜的人群中也能聽到異常清晰的哭聲，以及我偷偷挪到她旁邊時看得一清二楚的鼻涕和眼淚，都讓我不敢相信又不得不相信，阿悶在哭，而且是痛哭。

我不知所措。這是我第一次見到阿悶有這麼大的情緒波動。我以為她就像一個封閉上鎖的鐵盒子，冰冷寒涼，這世界的一切都與她無關，她只是一個無悲無喜、沒有意識的鐵盒而已。

我試探地伸出手拍了拍她的肩膀，她實在是太瘦了，骨頭很突出。我突然還有點羨慕，想著我要是這麼瘦多好啊……大腦正放空的時候，我聽到了她濃重的鼻音：「我想我媽……」說完又是一陣劇烈的抽動。我隔著她萬年不變的厚瀏海，甚至能看到她墜下來的鼻涕形成了一條優美的弧線。

「阿悶……沒關係，哭出來吧。」

那時十五歲的我實在沒有什麼安慰別人的詞，我語言匱乏，而且不知道她為什麼哭，只能一直重複那句「別傷心了，都會好的」。

這場場面宏大、激情澎湃、感動千人的感恩勵志演講結束後，我小心翼翼地跟著紅鼻子紅眼睛的阿悶回到班裡。思慮良久，我寫了一張紙條遞到阿悶眼前：「能跟我說說你怎麼了嗎？」阿悶沉默了一會，用她唯一的一支筆在我的話後面寫了一個「好。」

我如坐針氈地等到放學，跟著走路很慢的阿悶來到操場。「我媽去年不在了，在我考高中前一天，跳河死的，自殺。」在我還想著怎麼開口詢問的時候，阿悶用同往常一樣古井無波的語氣突然說了這麼一句話，我愣在原地。

「我家在農村，我媽在我很小的時候就有精神病了，反覆發作，無休無止。夏天發病，冬天正常。小時候她一發病就追著我打，用磚頭扔，用棍子抽，我逃不了，就只會哭，」阿悶不看我，看著地上的草，「但我媽不發病的時候對我真的特別好，真的。她想補償我，我知道。她買了好多花棉襖給我，可是她老是忘記買夏天的衣服給我——她夏天一發病就什麼也不知道了。我的一件短袖穿了又穿，破了又補，大家都笑我，笑我有個瘋子媽，沒人和我玩，都怕我媽打人。」

我看著阿悶腳下的草快被她拔禿了，活像白天演講的那個男人的頭。

我十五歲，家庭圓滿，生活幸福，我沒有體驗過這樣坎坷沉痛的人生。當時的我，唯有感到震驚和不知所措。

「你家有房子住嗎？」她突然問我。「有……有啊，沒有房子住哪裡？」我很疑惑。阿悶突然很驕傲似的跟我說：「不知道了吧？炕煙爐也能住的！我就住在炕煙爐裡。」

「嗯……」我望著驕傲的阿悶，年少的心裡有一塊被重重撞擊著。

阿悶眼裡的光熄滅了，又低下頭去拔草。「那天晚上我聽到我媽起來了，我知道她那時候是清醒的，我就睜著眼看著她在床沿上坐了好久。後來她悄悄打開門我也知道，我想喊她，問她去幹嘛，但不知道為什麼，就是有股勁壓得我喘不過來氣，說不了話。我就在床上坐著，憋得難受，憋得肺疼，」阿悶的聲音開始顫抖，「然後我聽到她出去從外面鎖了門，我隱隱約約猜得到她要幹嘛，我知道的。但我不知道為什麼，我就是動不了，喊不了，我渾身冒汗，眼淚都憋出來了。」

阿悶瘦削的肩膀又開始劇烈聳動：「我明明能救她，我要是喊出來了，要是拉住她了，我明明能救她……」

我望著阿悶糊了一臉的眼淚和鼻涕，被這樣的故事重重擊中，不能動彈。十五歲的我不知道，也永遠無法瞭解阿悶的感受。我不知道一個十四歲的女孩子，那晚在悶熱的炕煙爐裡，內心經歷了多大的煎熬和折磨。我也不知道是什麼在阻止她，壓迫她，讓她沒能喊出那句話，沒能伸出那隻手。

—— 我們奮戰，不是為了改變世界，
而是為了不讓世界改變我們。

那晚月明星稀，十五歲的阿悶，我遇見過最無趣的女孩，失聲痛哭，聲音嘶啞。而她拔禿的那片草，直到我高中畢業時也沒能再長出來。

畢業後我再也沒見過阿悶，聽說她考上了大學但沒去上，聽說她很早就結婚生子了，聽說她後來學著打扮變好看了。而每次想起她，我心裡總會突然一沉，想起她的少年白和雀斑，厚瀏海和怯懦的臉。

眾生皆苦，何以度之。

我見到的都是生死場

奶奶說：「這些風景，今天你看是山水畫，當年我看是生死場。」

民國女子的「優雅」我是親眼見過的。

我奶奶的媽媽（也就是被我稱呼為「太太」的那位女性）去世的時候我已經三年級了。

在我的記憶中，她是個從來都很乾淨優雅的老太太。哪怕衣服穿了多年，磨得發白，都是洗得乾乾淨淨，疊放得整整齊齊，穿得板板正正，一絲褶皺都沒有。太太老了還會就著陽光在窗下為自己的衣衫繡花。後來她實在太老了，眼睛瞎了，就坐在那裡曬太陽，也總不時地摸索著整整衣領，撫平衣角，甚至在窗前的小陶瓶裡，還總插著一枝柳枝或梅花。

她的孩提階段和少女階段，甚至生孩子時都處在民國時期。雖然我出生的時候，太太已經是暮年，肯定是不漂亮了，但從她迥異於一般農村老太太的舉止、神態、氣質中，可以遙想其年輕時候的風采。

我似乎曾見過她年輕時候的小像，印象中是張巴掌大的照片，發黃發暗到幾乎已經看不清臉。但是那種姿態和氣質，讓小小的我都驚豔。後來我見到著名美人夏夢[1]的照片，總覺得和太太風姿神似。但是時間太過久遠，我已經分不清太太是真的有過這麼一張照片，還是由於我幼時親眼見到她的那些日子給我的衝擊過於震撼，而產生了記憶錯覺。

太太的大女兒，也就是我的奶奶，素來是不講究這些的。

我奶奶是一個很俗氣的人。她嗓門比一般婦女大，幹活比男人都強。向來是在田裡出了一身汗，撩起衣服一擦就完事。褲腳挽得亂七八糟，一身泥水。做飯燒熟就成，壓根不研究什麼花樣——趕緊吃完下田幹活才是正理。奶奶一直教我：「就著鍋吃可以省一個碗。衣服洗那麼乾淨幹什麼？刷得太狠了不經穿！擺什麼花？能當吃還是能當穿？」

奶奶一天到晚琢磨的就是菜園子和田地。大中午也老是埋頭在田地裡除草，曬得黑黢黢的。

---

1 夏夢（1933 – 2016），香港電影演員。

但奶奶繡工很好，總是就著日光坐在窗前做針線活，偶爾還唱兩句戲，說是太太教的。不過，奶奶做的大都是納鞋墊、做千層底、縫圍裙之類的粗活，既俗氣又粗糙，遠沒有太太一邊悠悠唱戲一邊慢慢地為自己的衣衫繡一枝小花來得悠閒。

太太的這個女兒，真是一點都沒有遺傳到她的優雅和精緻。唯一值得誇耀的是奶奶讀過女學，能寫一手極其漂亮娟秀的字，據說小時候有過專門的家庭教師。她也會寫文章，直到我上中學都可以指導我的作文。

小時候每到週末的下午，我總是趴著寫作業，咬著筆頭胡思亂想地「憋」作文，奶奶就在旁邊調糨糊，一層層地糊鞋墊。奶奶喜歡絮絮叨叨地跟我講話，一會兒說張家長李家短，一會兒說太陽下山要去菜園子澆水，一會兒指點我的作文，一會兒又教育我要好好讀書考大學。

說著說著，就說到了當年的苦日子。

她說當年我的爺爺經歷政治運動被下放到外地，她公公婆婆又身體不好，奶奶便一個人帶三、四個孩子，還要種八畝地；說她幹活厲害，工資賺得多，就是落下了臂膀痛的毛病；說當年她也挨了批鬥，因為嫁給了爺爺這個「反革命」；說自己命苦，爺爺脾氣不好，動不動就兇她，還打她，她婆婆不僅不勸，還火上澆油；自己受不了氣跑回娘家（也不能說是娘家，因為屋子都是租的）也要挨打，太太還叫她回去，說女人嫁人了

——我們奮戰，不是為了改變世界，
而是為了不讓世界改變我們。

就要從夫……

說著說著眼睛紅了，就撩起油膩膩的圍裙擦一把臉。

你看，她就是這麼俗氣，一輩子也沒什麼出息，人生的主題就是生兒育女和反覆誇耀她一個人能種八畝地，以及喋喋不休地訴苦。我一邊要憋作文，還要一邊忍受她的嘮叨。她還非常愛管事，愛操心，愛爭著幹活，愛瞎指揮。

奶奶真正是一個俗氣的人，和太太的優雅從容完全不一樣。

後來我長大了，太太已經去世多年，我才知道了些當年的事情。

原來太太當年是合肥代縣長的女兒，真正的大小姐。奶奶說自己小時候，真的見過電視上那種一下汽車就有人拉車門，進了家，兩邊兩排僕人一字排開，齊齊迎接的場面。說太太走到哪裡，別人都稱呼她為「大小姐」，管奶奶叫「小小姐」。太太嫁的人——奶奶的爸爸，也是出身於門當戶對的人家，洋房、車、僕人都有。太太平時沒事就訂製衣服，下午看看戲、吃吃茶。在家裡有僕人，什麼事都不用做。

照這樣來說，太太可能真的是一個民國時期精緻優雅的大小姐。畢竟我曾親眼見過多年後的她，確實和一般的農村老太太不一樣。雖然外表一樣很老，老到醜的程度，也一樣很窮，但感覺就是不一樣。彼時我剛上大學，在網上讀了些民國名媛趙四小姐之類的文章，那位去世多年的太太，在我腦海中的形象越發顯得優雅。我覺得自己也應該向她學習，歷經磨難，歷經歲月，還保留著從容氣質。我甚至對那個年代也產生了巨大的嚮往，覺得那才是個名家大師輩出，望族名媛綻放的最好歲月。

可是到後來，我們這一輩也長大了，長輩們不再忌諱一些事不能說給孩子聽，於是我聽到了更多當年的故事，與我小時候的記憶一一映照。

原來，奶奶當年嫁給爺爺幾乎是被「賣掉」的，因為收了比較高的彩禮。爺爺原本有個童養媳，被其母親打跑了。奶奶嫁過來的時候，只知道對方有個女兒，但沒想到這個女兒比她小不了幾歲。村裡人都說爺爺脾氣不好，爺爺的母親脾氣更不好，但沒辦法，彩禮已經給了太太和舅爹爹（奶奶的小弟）去置辦田地。她不敢跑，也不能跑，因為跑回家不僅沒用，還會被要回彩禮。

可是她的婆婆實在刻薄，一家人吃飯，奶奶永遠上不了桌，只能做好飯縮在灶口吃，也只敢夾一點點菜。婆婆還把豬油剩菜都鎖在自己房間，怕她偷吃。後來爺爺被打成「反革命」了，如此一來，一家人就能同甘共苦了嗎？並沒有！對於村裡人來說，她成了罪人家屬。村民們一邊使壞讓奶奶斷絕和爺爺的關係，還要她舉報爺爺；一邊在幹活的時候欺負她，分給她最苦最累的活，還美其名曰「改造鍛鍊」。回到家，奶奶依舊被當成外人，婆婆各種不待見，認為是她在外面舉報了我爺爺，還說她偷了家裡的東西……

—— 我們奮戰，不是為了改變世界，
而是為了不讓世界改變我們。

可是奶奶沒辦法啊。

當年時局動亂，奶奶的外公和爸爸，也就是太太的父親和丈夫被槍斃了。於是，太太帶著幾個孩子逃難到了江南。可是，她們空有盤纏，卻沒有任何手藝，租了房子，不會種田，也不會做生意，連一個最基本的謀生技能都沒有。一朝失去人人捧著的「大小姐」身分，太太忽然什麼都不是了。幾年下來，盤纏花完了，首飾也賣得差不多了，可是兒子也漸漸大了，以後還要娶親，要買房子置地……

怎麼辦呢？

光靠兩個女兒幫人家洗衣服，顯然賺不到足夠的錢——這裡又有多少富人要請人洗衣服呢？兒子做學徒還要繳學費，該如何是好？

於是，太太的三個女兒從此走上不同軌跡的人生道路。

大女兒嫁給一個富農地主，也就是我爺爺。爺爺當年出了名的脾氣不好，且母親凶悍、家裡有過童養媳，還有個十幾歲的女兒。奶奶以嫁到這樣的人家為代價換來了買地錢。

二女兒，也就是我大姨奶奶，後來嫁得離太太不遠。丈夫依舊是一個出了名脾氣暴躁的人，唯一的好處在於他是個跑長途的，在當年是很賺錢的行業。

最小的女兒，也就是我小姨奶奶，逃難的時候就被留在了江北，送給人家做了童養媳。

我覺得太太一生的經歷很傳奇。身處在這樣一個漂泊動蕩的時代，單單是活下來就要用盡全力了。我很佩服太太的勇氣，她作為一個曾經的「大小姐」，不僅帶著四個孩子逃難，平安跑到了江南，還為他們安排好了各自的歸宿，至少兒女們年老後生活都過得去，就連那個留在江北的小姨奶奶，後來也聯繫上了。小姨奶奶嫁女兒的時候，爺爺還背著我坐客車、搭輪渡去參加婚禮。彼時我只是個在糖水裡泡大的小女孩，還曾暗暗鄙視對方家裡的床鋪上只墊了一層褥子，下面都是稻草。

再後來她們的兒女各自有了出息，到了暮年的姐妹們也能時常通電話，偶爾相聚。

我說太太是一個奇女子，不光是因為她在動亂中保全了幾個兒女，還因為她保全了自己一生的優雅——哪怕租住在農村的房子裡，也要在窗前插一束花。

可是，唯獨一點我不敬她：她一生沒有幹過活，至少，沒有做過一天的農活。這在農村是不可想像的。在這個家裡，無論是洗衣服還是農活、打工，都是由她的兒女去做。她在田邊生活了幾十年，從沒有學過務農。

在農村，連務農都不會，太太是怎麼活下來，還能活到高壽的呢？在挺過了各種「動亂」之後，居然還有閒心雕琢衣飾，有興趣去趕廟會？這在當地人眼裡簡直難以置信。

太太的針線活兒做得極好，花樣扎得又好又快，年老眼花的時候都能指導別人針線活。她還會唱戲，腔調舉止都極好。但是在那個動亂的年代，又是在鄉下，這些能耐有什麼用？都比不上在田裡多打一斗稻子重要。

而她卻連韭菜和小麥都認不出。

太太年輕的時候，是她的父親、丈夫為她提供了優越的生活條件；逃難後，是隨身攜帶的盤纏和首飾維持了她幾年的生活；後來，則是靠著子女的贍養。

甚至可以這樣說，太太靠著一個給人家做童養媳的女兒和兩個嫁給有錢人的女兒，換來了全家的田地與生計，並幫助唯一的兒子娶妻生子。

可她的幾個女兒都嫁得好嗎？

看起來還好，因為在那樣的處境下她們的夫家相對算是有錢人家。

可是真的好嗎？一個是童養媳（童養媳的地位如何，各位可以問問各自的奶奶輩），另兩個被丈夫打了都不敢跑，因為在那個年代，媳婦「被打死」是可以的，若是跑掉了，娘家得歸還彩禮。

她們誰都不想給自己的媽媽和弟弟添這個麻煩。

所以我的奶奶很俗氣，很粗糙，很不優雅。因為她早早承受了本該是她的父母去承受的一切。她年輕時用姣好的容顏換來了重金彩禮，後來又一邊養孩子，一邊偷偷補貼娘家。雖然這種行為讓她在夫家更抬不起頭來，但是奶奶又怎麼忍心看著自己的媽媽和弟弟挨餓呢？

贍養老人是應該的，但這個責任她擔得太早了。每個女人都是一枚珍珠，只有精心養護才能維持它的光華，而貧困的生活則會慢慢地磨去這份光彩。太太之所以能夠一直保持這份光彩，是因為她的女兒們早早地失去了它——無論是我的奶奶，還是我的姨奶奶們。

優雅是有代價的，這個代價總要有人承受，要麼是自己，要麼是別人。

你知道的所有民國名媛，大都出身於望族世家，因為普通人家養不出常開不敗的花。

我不評價太太的一生，因為我不可能做得比她好。他們經受的苦難是一個時代的悲劇，不是她個人可以左右。她出生、成長、婚嫁的環境都在要求她做大小姐、官太太，她做到了。後來命運把她推向了對她而言完全陌生的環境，她也沒有放棄自己曾受到的教育。命運對她固然不公，可是如果時代未曾改變，命運對她家的那些司機僕人又公平嗎？

民國時期，無論是上流社會還是普通階層，無論是貴夫人還是窮婦人，日子都是朝不保夕，遑論其他。我的奶奶是很俗氣，可沒有她的「俗氣」，誰來保住這個家？

——我們奮戰，不是為了改變世界，
而是為了不讓世界改變我們。

你若是問我想回到民國嗎？我告訴你，我不願意！寧做太平犬，不做亂世人。

初二時，我第一次在蕪湖看到長江，煙雨中像一幅鋪開來的長畫卷。回來後我激動地告訴奶奶：「長江像山水畫一樣，真漂亮。」

奶奶說：「今天你看是山水畫，當年我看是生死場。」

請不要評價我爺爺、奶奶、太太或任何人。因為身處那個時代的並不是你。

無論你是大小姐還是貧民丫鬟，在那個動亂時期，最重要的不是優雅與否的問題，而是有沒有命，能不能活下去的問題。

比起太太的優雅，我更欣賞奶奶的俗氣。但有時候，命運的走向是無從選擇的。

今天你看民國是有名媛、有大師的長畫卷。但在當年，對他們，這些都是生死場。

父親

如果一個人盡可能地做好當下能做的事情，
這個世界就一定會因為這件事情而變得更美好一點。

在我初中升高中的那個暑假，本來就十分拮据的家又因為父母雙雙從國企退職，澈底陷入赤貧。不知道有沒有人相信，也不知道有沒有一樣的人存在，反正我就是那種生活在二十一世紀現代化城市裡，還會時常吃不上飯、餓著肚子去學校的小孩，因為家裡一分錢也沒有了，可以變賣的東西早已被父母賣光。

這個暑假倒霉事接踵而至：我雖然考上了省重點高中，但付不起學費；我那本是文弱書生的父親，實在找不到活兒幹去做了泥水匠，結果因為不習慣在腳手架上工作，從三樓摔了下來導致胳膊骨折。幸好工頭幫忙付了父親的醫藥費；也幸好跟我伯伯一家住在一起的奶奶是一名退休教師，待遇還不錯，答應幫我付學費。

是不是覺得人間自有真情在？

工頭付了幾天錢就消失了，而我的親伯伯（沒錯，也就是我爸的親哥哥）在我入學前一天突然出現，並告訴我爸：「奶奶不會來幫『小妹妹』付學費的。」

其中緣故呢，是因為我這位親大伯覺得我考上重點高中只是撞了大運，我這個「小妹妹」根本就沒有念書的智商，不能浪費錢。於是他把我奶奶關在家裡，並非常誠懇地叫我爸媽趕緊給我找份售貨員的工作，立即賺錢養家，不要拖累他們。

我媽一聽就哭了，我爸把我叫到病床前，要我拿出紙筆，由他口述一封信，讓我帶著信去學校找那個即將成為我的班導師，但當時我完全不知道是誰的人。信的內容大致就是，孩子一定要念書，但是錢真的很難籌，希望班導師能幫幫這個孩子，學費能否寬限幾天或是減免一些。具體語句已經記不得了，但其中四個字，我不知為何一直記到現在：「告貸無門」。

為什麼我那念了一肚子書的父親最後要去告貸？為什麼我那善良柔弱的媽媽要丟下尊嚴去求人借錢卻告貸無門？

我不知道，也想不明白，我就拿著那張紙在炎炎烈日下跑去學校東問西問，但我的那位未來的班導師不在校內，我餓著肚子在學校等到天黑也沒找到他。當時我感覺這一切都是我的罪過，沒有讀書天分的小孩上什麼學！當個售貨員，一個月還能賺八百塊，多好啊。「罪不可恕」的我捏著那張已經被手汗浸透的信紙回到醫院，跟爸爸媽媽老實交代：「我沒找到老師，我明天不去學校了，就去打工吧。」

媽媽叫我回家睡覺，第二天又直接把我從床上拎了起來，一句話也沒說就把我帶到了學校，找到正在為學生辦理入學手續的那位班導師。我哆哆嗦嗦地拿出信紙，麻木地聽著老師和媽媽的對話，感覺自己被羞恥和憤怒堵住了嗓子，半個字也說不出。那天，我只知道最後的結果是，我什麼都不用交，可以直接入學。

我和媽媽回到醫院時才發現，等待我們消息的父親，一夜之間，滿頭黑髮已經變得花白。

當然，後來我還是念了高中，考了大學，找到了工作。我往死裡拚命工作，三年便還清了家裡的所有外債；再往死裡拚命，不久前為父母在家鄉付了一間小房子的頭期款，讓他們終於有個家；我一直往死裡拚命，讓當年那個捏著一封求助信，餓著肚子在烈日下等待的「小妹妹」，現在成了能令父母動不動就去跟鄰居炫耀的所謂「全球飛人」和「國際化小白領」。

其實我長得挺漂亮，但從來沒有用臉蛋換過什麼。我這麼努力，並不是要對得起父親一夜花白的頭髮，也不是要對得起母親當年日日夜夜的眼淚。我告訴自己必須努力做好力所能及的一切大小事情，必須用最大的善意和智慧去對待這個世界，是因為這個世界曾透過我高中時的班導師，向我傳達了一個真理：「如果一個人盡可能地做好當下能做的事情，這個世界就一定會因為這件事情而變得更美好一點。」

我一定要把這個真理傳遞出去。

── 我們奮戰，不是為了改變世界，
而是為了不讓世界改變我們。

爺爺的葬禮

我打開窗戶，看著外面的大雨，舉手一彈，把那枚銅錢彈到了南屋的房頂上去。

高中的時候我的爺爺去世了。

他是睡夢中去世的，走得很安詳。

籌備喪事時，我爸腰傷復發，而那時我媽正巧做完手術剛出院，在家休養。

我趕去爺爺家裡，與奶奶一起冒著雨通知大院的各位老幹部、老主管，忙了一上午。

我的幾個姑姑也來了，還帶來了兩個類似「神漢神婆」的傢伙。

這對神漢神婆來了之後一頓掐算，嘮叨了一通玄學。我記不住原話了，大意是我爺爺的八字與我家人「犯沖」，所以他們不能見我爺爺的屍身，只有我可以。

那年我十六歲，獨自一人在我爺爺的臥室裡為他擦洗身體，穿壽衣。

但我並不害怕。倒不是因為爺爺是親人，而是因為我們家都是堅定的唯物主義者，

── 我們奮戰，不是為了改變世界，
而是為了不讓世界改變我們。

對一些祭禮風俗從來都是不屑一顧的。

尤其是我爺爺，當年也是老幹部，年輕時在建設第一線奮鬥，雷厲風行的性格，在單位也頗有口碑。

當時我只是隱隱感覺，老頭一輩子信仰唯物主義，到頭來卻也不能免俗，還要被倆不知道從哪個犄角旮旯蹦出來的神漢神婆指揮後事，這對他來說簡直是種污辱。

但是畢竟死者為大。既然大家都是俗人，無論是來弔唁的還是來隨禮的，個中俗禮，既然難免就隨他吧。

這時那個神婆進來，給了我一枚大錢，要我塾在老頭子的嘴裡。

算算我爺爺已經走了十多個小時了，身子已經僵住。我試了一下，爺爺嘴巴閉得緊緊的，根本掰不開。

這神婆又開始折騰了，掐著我爺爺的嘴，要把那銅錢塞進去。

我當時就火了，但礙於屋外都是前來弔唁的長輩親屬，不好發作。於是只好搶過那枚銅錢，告訴神婆：「你出去，我自己再塞塞試試。」

結果當然是塞不進去的。本來我是想把銅錢放進爺爺貼身的口袋裡的，但又一想，不合適。我爺爺一生珍惜榮譽，死也應該帶著榮譽走。我找出了爺爺年輕時得的一張榮譽證書，折好了，放進了他的口袋裡。

至於那枚來自封建時代、不知真假的銅錢，我覺得它實在不應該出現在我爺爺的身上。

我打開窗戶，看著外面的大雨，舉手一彈，把那枚銅錢彈到了南屋的房頂上去。

一切準備妥當後，我爸在客廳守著長明燈，我媽也堅持從家裡趕來了，眾多長輩親友都在。

那倆神漢神婆又來了，又是一頓掐指亂算，說是親朋須避讓，唯獨要我把我爺爺背上火葬車。

其實距離並不遠，但對十六歲的我來說，老頭的身子還是太重了。

你們聽說過「死沉」這個詞嗎？人死了，就特別沉，背死人和背活人承受的重量是不一樣的。

我背起老頭，對他說，爺爺，我背你走。

我一步一踉蹌地背著爺爺從臥室挪到了客廳，又穿過客廳走進樓道，一直背到火葬車上。

短短的十幾公尺距離，我看到了我爸低垂的臉，看到了印著爺爺遺像的長明燈，看到了眾多親朋長輩略帶悲傷的目光。

我也看到了那神漢神婆一臉戲謔的表情。或許對他們來說，別人家的白事就是他們賺錢的機會，別人家的哭喪就是讓他們的錢包塞滿票子的時機。他們嘴巴裡的那一套風俗禮制就是用來要挾苦主家屬的籌碼，儘管有些人也不稀罕這套玩意兒，但礙於眾多親朋在場，也只能跟了風俗，受他們掌控吧。

所以，他們很是驕傲吧？

很享受在一場白事裡「眾人皆醉我獨醒」，還被人捧著的感覺吧。

「請來的」，我記得我姑姑介紹他們的時候用了這個詞。

「請」這個字，他們也配？

我的火又上來了，但是不能發作。

我跟著禮節風俗繼續他們那一套。

燒紙，哭號，摔盆子。

令我憤怒的是，在他們的指揮下，家人還把我爺爺生前最喜歡的一套中山裝也燒了。

整個過程並不複雜，中午將遺體背去火化，下午就買了墓地，準備安葬。

一路上那對神漢神婆依然嘮叨個不停，非要我媽也跟著去哭靈。

前文說了，當時我媽剛做了手術，本來是需要臥床休息的，但還是礙於眾人的面子，跟著去了墓地。

陵園又在鄉下的山上，要走好久的台階，當時還刮著涼風，下著雨。

一路上我看著我媽煞白的臉，兩隻手氣得直發抖。

算了，細節不太想說了。

說說我最後的情緒失控吧。

回去後眾人一起吃晚飯，晚飯後還有一場送別的儀式，其實無非就是燒燒紙人紙馬，念念悼詞。

飯桌上，神漢神婆又開始了，先是索要禮金，又嫌少，我姑姑就說：「不是談好的價格嗎？」神漢神婆又開始胡扯，什麼我爺爺八字比較凶煞，他們費了好一番功夫才能送走之類的。然後尖酸刻薄地嘮叨了一通「不加錢的話我們都有禍事」之類的話，算是委婉地恐嚇和詛咒我們一家吧。

當時，我憋了一天的火實在是壓不住了。

我當場就把桌子掀了，在眾人都沒反應過來之際，從矮櫃上的果盤裡抄起水果刀就向那神漢砍去。

那神漢也頗為靈活，身子一歪躲過了，轉身拔腿就跑。

神婆也嗷嗷叫著跟著跑了。

從我爺爺家那棟樓到家屬廳門口大概有四百多公尺。

—— 我們奮戰，不是為了改變世界，
而是為了不讓世界改變我們。

我掙脫了一眾親友的拉扯，提著刀追了他們四百多公尺，一直把他們追出家屬廳。親友把我拉回去後，我爸當場就抽了我倆嘴巴。他怨我違了禮數，畢竟送別儀式還沒開始，我就在一眾親友面前提刀嚇跑了神漢神婆。

我當時很委屈，眼淚瞬間掉下來，質問我姑姑說：「我爺爺一輩子建設，從來都不信封建迷信，你們為什麼找兩個跳大神的來欺負他？」

老頭辛苦了一輩子，末了走了，就我一個人背他、送他。我知道這是我這個當孫子的該做的。可是老頭到最後連你們這些後輩親人見都沒見著一面，你們不覺得有愧嗎？

我罵我姑姑說：「你還是人民教師呢，人民教師搞這一套封建迷信嗎？別拿著所謂的『民間風俗』來欺負我爺爺，我爺爺活著的時候都不信這個，也從不講究這一套，死了就更不稀罕了！」

我當時真是哭得上氣不接下氣，又開始控訴他們，說我媽剛手術完又被逼著哭靈，冒雨去了鄉下陵園，萬一身體狀況再惡化了怎麼辦？

我爸眼淚也下來了。我知道，他其實也明白，可有些事，他說不出來。

這時，前樓的劉爺爺過來了。他跟我爺爺過去都是兄弟相稱，感情甚好。老哥倆後來同時退了休，就連買樓也買了前後樓。

劉爺爺說：「你們不用擔心晚上怎麼送老哥了，我來辦。」當即找來一張案子，鋪上宣紙，拿起毛筆蘸上墨，「唰唰」地寫了一副悼詞。人群中開始有人稱讚劉爺爺的字好，文也好。

送爺爺走的時候一切照舊。

大家披麻戴孝，走到了我們樓前的空地。

我捧著老頭的遺像。

眾人默哀完，燒了紙人紙馬。

劉爺爺在火光的映照下，把他寫的悼詞念了一遍。其中的具體內容我記不住了，但那些抑揚頓挫的語句，伴著劉爺爺鏗鏘有力的語調，久久回蕩在我們大院裡。

這悼詞比那神漢神婆瞎唱的喪歌高明了不知道多少倍。

或許這才是我爺爺應有的待遇吧。

我一直念著劉爺爺的這份情。

後來，劉爺爺去世的時候，我是按孫輩的禮數去為他扶靈，將他一路送到陵園，對他行孫輩禮。

這事其實已經過去了十多年，直到現在，我依然對這些扣著「民間風俗」帽子的封建迷信活動深惡痛絕。

—— 我身體不舒服……

—— 開門。

不一樣的味道

我打開窗戶，窗外一片雪白，窗玻璃上映著我紅撲撲的臉蛋，上面好像寫滿了幸福，卻又不懂幸福為何物。

我不知道稱他為「初戀」合不合適。

前些日子和老公一起請表哥和表嫂去吃烤魚。吃得正高興時，忽然聽見一個熟悉的聲音，抬頭一看，是高中暗戀很久的男生。多年未見，再次見到時，我竟愣在了那裡。

他先開口：「這麼巧啊。」我笑笑。

他旁邊的朋友問他：「你認識？」

他回道：「高中同學。」

然後我繼續吃魚，他和朋友離開，我們沒有過多言語，也無須太多言語。

吃完飯，表嫂問我：「他是誰啊？長得挺帥氣。」

我和表嫂說，我曾暗戀過他三年。

—— 我身體不舒服……

—— 開門。

表嫂驚訝：「真的呀？那你現在見到他還會心動嗎？」

我笑著說：「心動可沒有了。」說完便挽著老公，一起離開了。

其實表嫂說他帥氣時，我真心想回她一句——你都不知道我暗戀他時，他有多帥。

我不知道是只有我一個人這樣，還是大家都這樣。就是在情竇初開時喜歡的男孩子，多年後再相見，總覺得「長殘」了，即使在旁人看來他還依舊帥氣。後來我才漸漸明白，不是對方長殘了，而是那段日子太美好，我們無論如何都回不去了。

我第一次見到他是高一的時候。高一時我成績不錯，語文老師叫我去辦公室幫她批卷子。我坐在語文老師對面認真地批改，突然一聲洪亮的「報告」從門口傳來，我循聲望去，臉紅心跳。不知道是那天陽光太好，還是我在記憶裡把那個場景給加工「柔化」了。我看見陽光從他的身後射向地面，他額頭上的汗滴閃閃發亮，掛在嘴角的微笑溫柔美好，那件不起眼的校服也被他穿出了不一樣的味道。

這第一面，讓我掛念了三年。

高一時，我將對他的「喜歡」完全埋在心底。起初我甚至不知道他的名字，也不知道他在哪個班級，就傻傻地覺得自己很喜歡他。現在想起來，都覺得那時候的自己很可愛。

知道他的名字是在一天的早操，當時，班裡的一名女生，跑過來指著遠處七班的體育股長問我：「你看，他帥吧？」我的臉「唰」地一下紅了，然後點點頭。她接著說道：「他就是ＸＸ啊。」我才恍然大悟，原來班裡女生們最近討論的男生就是他呀。也難怪，我就是一個普通女生，和其他女生有著同樣的審美觀。為了自我安慰，我只是硬要標榜自己和她們的不同——我沒她們「膚淺」，我愛上的是他的笑容，才不是僅僅因為他長得帥而喜歡他呢。

整個高一，我最喜歡的就是早操和午間操的時候。我遠遠看著他，他一笑，我就像「花痴」一樣，用腦子裡的照相機「咔嚓咔嚓」全照下來。我不知道他是否瞭解有個女生那麼傻地喜歡他，或是他對此已經習以為常。

高二，學校開始文理分班。我選了理科，進了學校的實驗班。開學報到那天，我坐在前排盯著前門，真希望他也能進來呀！陸陸續續來了很多人，還是看不到他，我有些失望。忽然後面傳來幾個男生說話的聲音，我鬼使神差地回頭，頓時面紅耳赤——我們以後就是同班同學了！

高二時我幸運地當上了班級的語文課代表，更幸運的是每週四可以和他一起打掃衛生。他的語文作業通常都是趕到學校來補的，所以我常常抱著一疊作業本站在他旁邊等他。我以為自己很淡定，但或許那時候暗戀的表情全寫在臉上了吧。

每週四就更別提了，我們兩個一個掃地一個拖地，這場景總是讓我展開各種幻想，好像掃把上的灰塵都能舞蹈起來。現在回想起來，都覺得很甜蜜。

以我的性格，從來不會喜歡上一個有女朋友的人，甚至知道這個男生有心上人後都不會喜歡他，但這個人是個例外。在我高二時就聽說他初中時就有喜歡的女生了，在他們的故事中，他是痴情的男主角，而女主角的性格非常「高冷」。故事中的女主角在文科班，我還為此特意去看了看她。雖然很多女生都沒好氣地說她不好看，但我真的覺得那女孩長得很脫俗，可能「愛屋及烏」最適合形容當時的我了吧。說起來這種「愛屋及烏」，現在想更像是「傻裡傻氣」。記得有一次，一個初中學妹問他要電話號碼，他沒好氣地說：「我家沒電話。」當時，我居然很羡慕那個故事裡的女主角，還暗暗地覺得自己沒喜歡錯人。

就這樣傻裡傻氣地度過了高二，「黑色高三」就來了。可能十個人裡有九個回憶起高三生活都是凝重的、苦悶的，而我的高三卻是熱烈的、害羞的、喜悅的……

也是從這時起，「高科技產品」開始慢慢進入我們的生活，首先就是 MP3 播放器。我在裡頭塞滿了歌，那時候最喜歡的歌手是陶喆。他也喜歡聽歌，我記得那年元旦慶祝會上，他倒坐著椅子，唱了一首《你一定要幸福》，我居然自作主張地把他和那個女生放在了我腦海中的 MV 裡，真的是一名享受著「瓊瑤式自虐」的女子啊。

後來，他常常向我借 MP3。還回來的時候總會多幾首歌，要麼是新歌，要麼是他

—— 我身體不舒服……
—— 開門。

清唱錄進去的歌曲，其中讓我印象很深的一首歌是《寂寞的季節》，這首歌後來我很久以後都不敢再聽，現在聽起來，腦海裡也全是那時候的畫面。

再後來，手機開始時髦起來，我媽買了一部當時很流行的「小靈通」給我（時至今日，她還在埋怨自己太早買手機給我，不然我「一定能考個好大學」）。我常說，謝謝她買了個手機給我，不然我就不會有那麼多回憶。

快放寒假的時候，他過來向我要電話號碼（我當時不知道他是要了所有有手機的人的號碼，還是只要了我的）。那天，我時時刻刻揣著手機，生怕錯過了他的消息。所謂的矜持，我好像一直沒學會過。那晚，我表姐來我家和我一起睡，等到晚上九點，我終於收到了他發來的一則訊息——「小女生。」我抱著手機大笑大叫，我姐說我瘋了，總之，那晚直到半夜十二點，我一直處於亢奮狀態。

哎，一則訊息而已，有必要嗎？

可是那個時候，我覺得自己亢奮到半夜十二點都不夠。

寒假期間我們常常聯繫，那年的二月十四日，我在家趕著寒假作業，他發來訊息：「情人節快樂！我送你件禮物，趕緊打開窗戶。」那時已經是晚上，我打開窗戶，窗外漫天飛雪，玻璃上映著我紅撲撲的臉蛋，上面好像寫滿了幸福，卻又不懂幸福為何物。

臨近開學，我越發努力地寫寒假作業，寫完會發答案給他，還「教育」他說：「要

—— 我身體不舒服……
—— 開門。

加油哦，好好寫作業。」現在想想也是「醉」了，那時候的我在他的眼裡應該很幼稚吧，幼稚到他對我說我們好像在交往，我都不明白「交往」是什麼意思，我以為必須要說出「我喜歡你」才叫愛情。

高三第二學期，班裡還是沒多少人知道我喜歡他。他還是那麼受歡迎，一會兒傳出他和這個女生戀愛，一會兒傳出他和那個女生戀愛……但我最希望的還是他能和之前喜歡的「女主角」在一起。

有一天晚上，他用家裡的座機打電話給我，我一時緊張得不知道說什麼，嘴裡蹦出的每個字都覺得彆扭。他大概很早就知道我喜歡他了，但我還是故作鎮定，假裝高冷，生怕流露出半點喜歡他的跡象。

而自從知道他家座機號碼，我就找到了個「發洩」的方法——沒事就發「我喜歡你」到他家的座機。我心想，反正他也不知道是誰，但我算是對得起那個膽小的自己了。直到有一天，我無聊的時候發了個訊息到自己家的座機，我才知道這個小靈通有一個功能——發訊息給座機，座機會響，然後與座機相連接的電腦會把你發的訊息一字一句讀出來。這項功能是我媽告訴我的（在我發了無數個「我喜歡你」到他的座機之後），她說家裡有一次接到電腦的訊息，前面還報了一長串號碼。我忙問：「媽，你記下了號碼沒有？」「那麼快，我怎麼記得啊。」我鬆了口氣，心裡想著他不會知道是我發的。但是又想到我已經發了無數次，他哪怕一次只記一個數字都把號碼爛熟於心了。哎，隨便吧。

這種「蠢事」真的是我關於青春最美的回憶。後來有一次，他晚上放學約我一起回家，我和他一路走到門口，他向左我向右。那時候我最好的朋友和我不在一個班，他約我一起回家的時候，我把這事第一個告訴了這個朋友，晚上她回訊息給我問進展如何，我回道：「還能怎麼樣啊？一個向左一個向右唄。」結果我不小心發給了他。看到他沒有回我，我又自我安慰：「他不知道，他肯定不知道我喜歡他。」我真是佩服我自己，都喜歡成那樣了，還要這點「自尊」幹什麼？

那時候我們週末通常需要補課到下午兩點。這件事情過去不久後的一個週末下課後，他約我去學校附近的公園走走，結果我又犯蠢了，拉上了我最好的朋友，場景變成了他推著單車，為我倆走在旁邊。我真心佩服自己，那天還在一直撮合他和那個「女主角」，還為他們規劃未來，說要是他們考上一個大學多美好之類的。我朋友在旁邊替我捏了把汗，我自己還樂在其中。我的天，我上輩子約莫是「毀了銀河系」，這輩子才有這麼低的智商。

我就拖著這樣的智商一直到了高三畢業。畢業的時候，他約我出來去公車站，我欣然接受。這一次，我沒拉朋友，而是穿著T恤和牛仔裙，和他坐上了公車，從始發站坐

—— 我身體不舒服……

—— 開門。

到了終點站，來到了一個叫「繡球公園」的地方。

他走在前我走在後，我的汗開始不爭氣地往下流，不知道是因為天氣太熱還是因為這是我暗戀他三年來第一次和他單獨相處。那天他說的話我都記不清了，我記得的只有那個膽小的自己。我第一次發現，喜歡一個人，能讓自己變得如此卑微膽小。

他的電話終於響了，是他的朋友喊我們去唱歌，於是我們倆又坐著公車跑去他朋友們所在的KTV。偌大的一個包廂，坐著他的一群朋友，有我認識的，也有我從未見過的。人群中有兩個女生有些吃驚地看著我，我認為她們覺得吃驚是因為他帶了這麼一個不起眼的我來唱歌。

我坐在沙發上像個呆子，他背靠著沙發，手自然地放在我身後沙發的背上。我嚇得立刻挺直了身子，向前移了移。他要麼唱歌，要麼不唱歌的時候模仿MV裡的一些鏡頭給我看。我在那一刻真心想笑，可是卻不知道該如何笑出來，只覺得自己的臉部器官尷尬地扭在一起。

那晚我們通了個電話，他說我一整天都很不自然。我的自尊心再次造訪，有些激動，說了很多「我們不可能」之類的話。現在想想，大概是喜歡了太久，在最後一刻卻只記得別人口中他和她的故事，想起他有一次半開玩笑半認真地要把我介紹給一個和他很像的朋友……這些事在當時我以為自己已經消化了，卻發現其實一直堆積在心裡，慢慢地進行著化學反應。

再後來，我們一直沒有聯繫。大學考試成績出來了，聽說他要重考。班裡舉行了一次聚餐，那時候他已經有了新的女朋友，不是我以為的那個她。我那天唱了幾首歌，然後和一群人離開了KTV，用餘光看到他把手放在那個女孩的身後，女孩很自然地躺在他的肩頭。我笑著說：「你們繼續玩啊，我走了。」回想起那個微笑，大概會顯得非常彆扭吧。

因為我讀的是理工科專業，男生比較多，追我的人也比較多。久而久之，那些暗戀他時才有的自卑漸漸轉變成了自信。後來他發訊息給我：「你過得怎麼樣？」我的自信又彷彿變成了自負：「我過得很好呀，很多人追。」其實我並不是這樣的人，但是那一刻我有種成功報復後的快感。我總覺得我喜歡了你三年，你都不曾告訴我你對我的感覺，甚至在那麼短短的幾週後，就可以帶著另一個女生在我面前卿卿我我。

但，我又是在以什麼身分生氣呢？

在大學裡，我和毛毛成了朋友。她是同我們一個高中的一個很爽朗的女孩，高中時常在走廊攔下我，捏我的臉，大學時我們才成為朋友。有一天我們聊起他，我和她說我那時候多喜歡他，她驚訝地看著我，說：「你知道嗎，那天他來之前，對我們所有朋友說，他會帶他女朋友來。」那一刻，我才知道，也許他給了我答案，但是我錯過了。

不過我轉念一想，也許真的在一起了，我還是會小心翼翼，他也永遠不會認識那個最真實最爽朗的我。我們可能會吵架，也會分開，甚至會互相怨恨。

就讓故事停留在未開始時最好，那三年，我不後悔，因為正是那段時光教會了我如何去愛。

現在，我也會和老公提起那段日子，老公笑著說：「切，有多帥？能有我帥嗎？」

我笑著搖頭：「我會喜歡他，一定是因為我那時候不認識你。」

—— 我身體不舒服……

—— 開門。

當莊周愛上小喬

小喬只是個「脆皮」法師，不應該有這麼爆炸的物理輸出。我應該化身張飛，一個「二技能」跳過去，為她加個護盾。但是我做不到，「二技能」跳不了八百公里遠。

那是一個寒冷的冬天，我失業了，之前辛苦工作了好多年，乾脆藉機讓自己放個假，就休息了幾個月。

掐指一算自己也有三十多歲了，漂泊得太久，何不落葉歸根回家鄉發展呢？得虧房價「起飛」前在老家城市買了間房子，我便回到了這個陌生的家。

房子很大，很安靜，很冷清。剛回來也沒有同事和朋友，我就天天待在空蕩蕩的房子裡消磨時日。眼看著錢包只出不進日漸乾癟，就開始琢磨著怎麼增加點收入，沒法子，把房子拆分出租吧。

因為失業之前薪資還可以，我對錢看得比較淡，租房也抱著「一半為了錢，一半為了有個伴」的心態，所以標價很低。我也沒找仲介，在某App上一掛就有人來問了，

—— 我身體不舒服……

—— 開門。

一個準備考研的女生加了我，約好了隔天過來看房。

她過來的時候正是上午，我剛起來，一個人無拘無束地生活，導致我的作息非常紊亂，幾乎就是一個鬍子拉碴不修邊幅的形象。打開門的瞬間，四目相對，我和她都愣住了。

我愣的是這女孩有股靈氣，攝人心魄。她穿著一件毛呢大衣，線條簡潔挺拔，大衣下擺露出的半截小腿，在緊身牛仔褲的包裹下顯得又細又直，一雙淺色的運動鞋透著一絲運動氣息，整個人看起來高高瘦瘦，挺拔、纖細，像個舞蹈演員。

外面很冷（內陸城市，家裡更冷），她戴著一頂帽子，裹著圍巾。圍巾和帽子護住了大部分的正臉，只露出兩只又大又黑的眼睛，直直地看著我。

瞬間我有點自慚形穢，為自己猥瑣油膩的形象而羞愧，避開了她的目光。

不知道為什麼，她似乎也很迷惘，有點六神無主地跟著我進了屋。氣氛有點小尷尬，我磕磕巴巴地指引她這是廚房、這是客廳、這是臥室，然後就讓她自己看。

她飛快地轉了一圈，不管我說了什麼，都只是「嗯嗯啊啊」答應著，待了不到一分鐘就落荒而逃了。

我都沒有回過神來，這種感覺就像一隻神祕可人的貓突然出現在你的陽台，還沒來得及看清楚說聲「hi」，牠就逃走了。

心裡有幾分失落，我想她不會再來了。

然後手機響了，是她發來的訊息。原來她壓根沒料到我是個男的，把她給弄糊塗了，她表示對房子很滿意，但是和異性合住對她來說是一道大坎，她得考慮考慮。

雖然我很希望她搬進來，但是我能說什麼呢，力邀的話豈不顯得我動機不純？所以我只能說，你不來我很理解，來的話當然更歡迎。畢竟房門都有鎖，何況你也看到了，我是一個慈祥的人（強行幽默一下）。

她回覆了一個破涕為笑的表情。溝通到這裡告一段落，一夜無話。

第二天上午，差不多是同一時刻，她發來了訊息：「我想來想去，決定還是住進來，你說你是個慈祥的人，我相信你。」

我心裡樂開了花。但是我這種「穩如老狗」的人怎麼可能暴露自己的情緒，就只四平八穩地回了一句：「好的，需要我幫忙搬東西嗎？」

她說：「不用，我叫了三輪車師傅。」

然後沒過太久，她就在外面敲門了。開門一看，我的乖乖，滿滿當當至少四、五個碩大的紙箱，女孩子東西多真不是吹的。我只能幫她把東西搬到房間裡，留她一個人慢慢收拾，同時為失去了一個獻殷勤的機會而扼腕嘆息！

剛來的兩天，她幾乎都是關著門，深居簡出，我們完全沒有碰面的機會。關於房租

—— 我身體不舒服……

—— 開門。

水電的事情，全部透過微信交流，我甚至感覺不到這個屋子裡多了一個人。

偶爾她要出去，只聽到走廊一陣細碎的腳步聲，然後「砰」，大門關上了。

偶爾她回來，只聽到大門開了又闔上，然後一陣細碎的腳步聲，「砰」，臥室門關上了。

完全神龍見首不見尾嘛。

然而，同一個屋簷下，哪能躲一輩子呢？比如吃飯就不能回避吧。

我一直有自己做飯的習慣，多了一個人就多了一份心思：要不要做雙人份呢？她吃不吃呢？

先做吧，我祭出了修煉多年的青椒炒肉絲，然後發微信給她：「晚飯做好了，出來一起吃吧。」

想必她是很不好意思，在房間裡折騰了好幾分鐘，才抱著她的大碗扭扭捏捏地出來了。出來把大碗往桌上一摔，豪氣地說：「滿上！再來兩斤熟牛肉……」

不是，寫錯了。

出來後禮貌地說：「哇，青椒炒肉絲，好香哦！」

這女孩，撒謊都不會，太假了。我也沒有拆穿她：「來，湊合著吃吧。」

然後我們在一種客氣而又有點尷尬的氣氛中吃了第一頓飯。吃完後，女孩馬上要去洗碗。呵呵，我做飯你洗碗，誰訂的規矩？我果斷制止了：「放著我來！」（這是被前女友培養出來的，她總是告訴我，女孩子皮膚比較嫩，洗碗會傷手的，以至於我看見女孩子洗碗就會有痛心感。）

她堅持了一下，我更堅持不讓她洗。她只好有點抱歉地表示「那我讀書去了」，然後回到房間。

吃了這頓飯後，她似乎有種急於補償的意思，晚上出去就不停發訊息給我：「房東哥，我在外面，你餓不餓，要不要我幫你帶碗粉回去？」

我說：「不要，我不餓。」

「那要不要吃烤串？」

「不要。」

「要不要吃水果？」

「不要。」

最後，她回來了，輕輕地敲我門：「房東哥，你啥都不吃嗎？我幫你帶了個棒棒糖。」

真的是一個棒棒糖。當然嘍，不是常見的一根棍子戳一個圓球的那種，是圓盤狀有螺旋紋的那種，就像《功夫》裡面那樣的。外麵包著塑膠紙，印著「Nice to meet

—— 我身體不舒服……

—— 開門。

you」。

這下我的內心戲就泛濫了——Nice to meet you，是純粹的巧合，還是借物傳情，表達她很高興認識我的意思？

不知道，想不通。糖我收下了，一直收藏著沒拆開吃，現在都還在。只是放久了，字不那麼清晰了。

吃了一次飯，第二次第三次就自然多了。

其實做做飯也只是舉手之勞，一人份和兩人份勞動量沒啥區別，無非是加雙筷子。但是有些人哪，你敬他一尺，他總覺得欠你情分，非要還你一丈。這小女生就是，吃了個飯後總想著要還我這份人情——

「房東哥，要我幫你帶早餐嗎？」

「房東哥，要我幫你帶宵夜嗎？」

既然一起吃飯，就會一起買菜吧。買菜的時候，她那小腦瓜就一直在計較，我付了白菜的錢，她就爭著付青椒的錢；我請她吃了臭豆腐，她就要回請我糖油粑粑……總要維持一個平衡，不能占我便宜。

我說：「可別這樣，生分！買一次菜這裡幾塊那裡幾毛的，非得算清楚腦子會爆炸，再說你一個剛畢業的學生，跟我計較這些幹嘛呢。」

多說幾次就好啦，付錢完全隨機，你付我付一樣的自然，很好！

何況她也沒占我便宜，在家裡大把的存貨往外掏啊——

「房東哥，這是同學老家帶來的核桃，一起吃吧。」

「房東哥，這是我買的零食，餓了填填肚子吧。」

「房東哥，這是我網購的水果，我吃不了那麼快，一起吃吧別放壞了。」

……

很快，家裡茶几和餐桌就堆滿了吃的。家裡有個女人就是不一樣啊！

續一

那個冬天真的很冷，她搬進來後沒多久，下雪了。

跟大家一樣，我喜歡在惡劣的天氣，跟喜歡的人待在溫暖的屋子裡，有食物、有水、有Wi-fi、有電影。

至少這個下雪天我沒有感到絲毫的淒清，起碼屋子裡不止我一個人了，不是嗎？

我偷偷地拍下她在窗口探頭看雪的傻樣，然後一直沒有告訴她。

我已經多年沒看到雪了，於是興沖沖地拿出塵封多年的相機說：「我們去公園拍雪景吧！」她似乎有些猶豫，但是不好拒絕我，答應了。於是我們開車殺向最近的公園。

—— 我身體不舒服……

—— 開門。

一上車我才知道她為什麼沒有爽快地答應——她暈車非常嚴重，從關上車門的瞬間開始，就屏氣凝神，陷入冥想狀態。

公車都停駛了，路面全是雪，全程打滑，不到三公里的路程，開了二十多分鐘。結果公園因為安全考慮，關閉了，我們只能在周邊拍點雪景。

雪還在簌簌地下，行人稀少，天地間白皚皚的一片，好開心啊。和她在一起拍了很多照片，可惜拍照的手藝荒廢太久了，沒有拍出最好的水平。

然後路過公園的一面玻璃牆，兩人站住了。

我說：「來張合影吧。」

她說：「好啊。」

於是在雪地裡，同一把雨傘下，我們並排站在一起，有了第一張合影。她依然纖細而且挺拔，像一棵小白楊，而我……有點矬。

不知道你有沒有過這種感覺：在人群中無意間發現一個和你志趣相投的人，又驚又喜，彼此相視一笑，默契盡在不言中。

那一個星期，她的房間裡一直單曲循環《夜空中最亮的星》，我一直記得。我叫她出來吃飯，她屁顛屁顛走出來的時候，還在哼著「我祈禱擁有一顆透明的心靈，和從未流淚的眼睛……」

那一年，《夜空中最亮的星》也是我的網易雲音樂排行榜第一名，我沒有跟她說。

有一天我吃完飯就打開了《王者榮耀》，她一聽到啓動音樂眼睛就亮了：「你也玩這個遊戲？」

「是啊。」我說。

「你什麼段位？」她急急地問。

「最強王者啊。」我也想低調，可實力它不允許啊。

她一聽就洩了氣：「我是星耀，本來以為可以帶你呢，沒想到比我段位還高，哼。」

我趕緊安慰她：「別，我是用莊周上的王者，峽谷混子，你懂的！」

還有什麼好說的呢，「開黑」啊，整啊！

她喜歡玩小喬（《王者榮耀》中的一位英雄角色）。開局的時候總是沉思半晌，自言自語：「選誰呢？唉，小喬吧！」玩起遊戲來，就成了一個超級認真的小喬，對面的打野在哪、有沒有大招、有沒有閃現門兒清。我的天，我玩到了最強王者都不操心這些，我一定是個假王者。

每次逆風局的時候她都在念念有詞「沒關係，沒關係」，我都不曉得她是在安慰我呢，還是在替自己加油打氣。

—— 我身體不舒服……

—— 開門。

強強聯手也常常翻車，不小心也會幾連跪。她便雙手一攤，手機扔一邊，眼睛望著天花板，自言自語地說：「哎呀，剛才大招出早了！」

認真的小喬啊！

為了便於敘述，下面就叫她「小喬」吧。

花會枯萎，愛永不凋零，小喬，要努力變強！

續二

我喜歡鋼筆，在這個只需要敲鍵盤的時代，有這個愛好的人已經不多了。

也不記得怎麼聊到這個話題，她一聽激動得都要跳起來了。原來她也是個鋼筆愛好者，趕緊回房間拿出了她的筆袋給我看，裡面赫然有一支被網友吹上天的、我一直想體驗的 Lamy（用過之後感覺也很普通）。

她馬上讓我體驗，讓我寫字，我們就交換鋼筆寫了些字。別看小喬很瘦很溫柔，寫字倒是橫平豎直有稜有角，而我則寫得有點柔了。

不管怎樣，你有一個生僻的愛好，從不對人說起，因為你知道不會有人與你有共鳴，然後突然發現了有共鳴的人，是不是很激動？

「是誰來自山川湖海，卻囿於晝夜、廚房與愛。」

一直對這句歌詞一知半解，但我總想哼唱它，自從遇到小喬之後。

廚房真的是個能讓兩人感情升溫的地方。那時候我們已經在一起吃了很多次飯了，雙方的喜好和禁忌已經磨合得天衣無縫。她不愛吃辣，卻很重口，要偏鹹一點。正好，我也喜歡。

每天快到吃飯時間，我就發微信給她（或者她發微信給我）：「餓了嗎？」

「餓了。」

「那做飯去。」

然後就聽到她房間裡一陣響動，她哼著歌兒歡快地出來，我們一起殺向廚房。

她很勤快，煮飯、擇菜、炒菜、洗碗，逮到什麼幹什麼。

當然我們總是一起做，她特別健忘，經常忘了蓋上電鍋的密封蓋。每次被我發現，我幫她蓋好也不忘嘲笑她：「某人是不是忘了蓋蓋子呀！」她總是一驚，才會想起來。

批評多了就皮了，小腦袋一晃，滿不在乎：「一時大意啦！」

偶爾我也會忘了蓋，她就一副抓到我把柄似的神態，長吁短嘆道：「唉，某人啊某人，蓋子都忘了蓋。」

我臉皮厚：「『智者千慮必有一失』你懂不懂。哼！」

那時候她就像一塊磁鐵，吸引著我，想時刻待在她身邊。她做菜的時候，我就像跟

——我身體不舒服……

——開門。

屁蟲似的跟在旁邊，絮絮叨叨地說個沒完。我注意到了她的耳垂和脖子，白皙，纖細，好美。

我做菜的時候，她也倚在廚房的門框上，和我隨便聊些家長裡短。其實我不太喜歡有人看著我做菜，會有壓力。有時候我會說你去坐著就好，我做好會端出來；有時候我就讓她在後面看著我，心裡無比安定、踏實。

我們的飯量已經把握得非常精準，每次煮一鍋，四六分開，她六我四（沒錯，她吃得比我多，她很瘦，吸收不好，所以必須多吃點才能維持體重）。用大碗裝好，中途不再添飯，邊聊邊吃，聊她的課業，聊一起打的遊戲，聊各自想到的趣事。

續三

回憶裡搜刮出好些細細碎碎的小事，我想都寫下來，就當回憶錄了。

此處應該有音樂——許巍的《晴朗》。

這是初次的感覺
我想瞭解這世界
只因那利刃般的女人

她穿過我的心

你真心喜歡的人在你身邊，那種如沐春風的感覺是深層次的幸福。

總之，那段時間我像著了魔一樣，牽掛著小喬的一舉一動。

平時我們會各忙各的，她在房間裡讀書，我則刷簡歷找工作，找朋友做些兼職的案子。

每當聽到客廳或廚房裡有她腳步聲，我就會忙不迭地跑出去——

「小喬你在幹嘛？」

「小喬你餓了嗎？」

「小喬你要出去嗎？」

有時候小喬都受不了了：「哥呀，你也要給我一點私人空間嘛。」

慚愧，道理我都懂，心裡的牽掛壓不住啊。

小喬是一個喜歡散步的女孩子，每晚都會出去走走。

我想和她一起去——

「你要出去嗎？正好我要去取個快遞，和你一起出去。」

「這麼晚了，我跟你一起，保護你安全。」

—— 我身體不舒服……

—— 開門。

到後面，她會問：「我出去走走，一起去嗎？」

再到後面，她會說：「走。」

我就丟下手頭的東西，一起默契地去玄關換鞋。

我們散步的地方並不遠，就在社區旁邊的一所學校裡。學校放寒假了，又是深夜，沒什麼人，去晚了甚至沒有路燈，只有清冽的寒風、深邃的星空，有她，還有我。

我們在操場上，沿著塑膠跑道走了一圈又一圈。

我喋喋不休地說個沒完，彷彿要把我這輩子的故事都說給她聽，嘮叨得她心煩。

有時候她走得很快，然後會突然停下來，一本正經地問我：「你會不會跟不上？」

我一眼就識破她的小伎倆，就是想炫耀自己大長腿步幅大唄。

「對對對，你大長腿，一步頂人家兩步，誰也跟不上！」

她得意地搖頭晃腦，裝出一副低調的姿態：「不談了不談了！」每次都能讓我笑得岔過氣去。

續四

既然有人猜到了長沙，也就不用刻意掩飾了。

其實，我回長沙也不算久，深居簡出的，哪裡都不熟，就想出去看看。以這個藉口讓小喬做嚮導，帶我去長沙吃吃玩玩，豈不美哉？

誰知一打聽，小喬比我更矬，在長沙念了幾年書，活動範圍不超過五公里。因為她太容易暈車，上車就暈，只能在腳力能及的範圍內活動。

好吧，但是說到出去玩她還是有興趣的，那我們就去省博物館吧。順帶提一下，省博物館有些寶貝是上過《國家寶藏》的，還有漢代女屍辛追夫人，都免費參觀。

我們去博物館有半小時車程，小喬一上車就屏氣凝神，陷入自閉狀態。

我平時開車很「佛系」，寧停三分不搶一秒。但是看到小喬難受，心裡就特別急，一路暴走，哈哈，親身驗證在市區開再快也省不了幾分鐘。

目的地到了，小喬閉著眼、低著頭、大衣領子豎起來捂住了口鼻，堅強地抵抗著暈車，渾然不知已經到達。

我偏著頭看著她，心裡泛起了陣陣憐惜，拿起手機偷偷地拍了一張照片，然後叫醒了她。

逛博物館的過程就省略不說了。回去的時候她說不能坐車了，她要走走，累了再搭公車回去。

「那怎麼行呢，」我說，「要不你走吧，我慢慢開車，你累了我就接上你回家。」

「不不不。」小喬堅持要走路，叫我不用管她。想到她坐車就暈，乘公車反而舒服點，我就先回去了。

「我一路發圖給你！」小喬說。

於是我一路上，直到回到家裡，手機「嘀嘀嘀」響個不停：

她到某某路口了，一張路牌的照片；

看到某某粉店了，好想進去吃，一張粉店照片；

看到賣啥稀奇古怪東西的人了，湊個熱鬧，一張照片；

……

「像個孩子一樣。」我心裡說。

然後眼看著天要黑了。

突然她不發照片了，我問她：「上公車了嗎？」

沒有回應。

「到哪了呢？」

沒有回應。

我打個電話過去。

關機了。

我瞬間就慌了，怎麼會毫無預兆地關機了呢？人到哪兒去了呢？手機被偷了被搶

—— 我身體不舒服……

—— 開門。

了？人沒事吧？身上也沒有零錢還能坐車回家嗎？

天越來越黑，人還沒回來，完全聯繫不上，真把我急死了。也不知道能幹嘛，只能坐著傻等。

終於，聽到鑰匙開門的聲音，她回來了。

「你怎麼突然關機了呢？」我說。

「手機有問題，明明還有20％ 的電量，突然就關機了。」

好吧，沒事就好了，虛驚一場。

我沒有告訴她，失去聯繫的時間裡我有多慌亂。

續五

小喬回來後似乎心情不錯：「哥，剛才在路上我買了兩張電影票，等一下吃完飯我們看電影去唄！」

橫店電影城，走過去也就五分鐘。八點半的電影，八點出發就可以了，美滋滋！我樂呵呵地就做飯去了。

吃完飯竟然還有點早，坐了一下，拖到八點，出發！

「你待在這裡不要走動，我去取票。」

—— 我身體不舒服……

—— 開門。

「OK，我等你取票。」

咦，情況好像有點不對，自助取票機老是不出票！試了幾台機器，都不出票，怎麼回事？問服務生，服務生拿過手機看了看：「不好意思，你買的橫店電影城不是咱們這個電影城，是橫店電影城（XX店）。」我一查地圖，乖乖，在十六公里之外，也來不及趕過去了。

「氣死了氣死了！」小喬氣得不行，「那時候我在路上走嘛，就想去看個電影，我記得咱們附近有個橫店電影城嘛，當然買最近的票嘍！」

好吧，「蠢萌」成這樣，我能說什麼呢？我保證不笑可以嗎？

「沒事啦，咱們回家看吧，聯通寬頻送的影音盒子裡好多電影沒看過的！」

「好吧……」小喬沮喪得很。

回到家，我們打開了久違的電視機，找了個好萊塢經典大片。為了營造電影院的效果，把所有的燈都關了。我們半躺在沙發上，盤著腿，我找了條毯子給她蓋上。

「你也蓋上。」她扯過半邊毯子。

「好哦。」我就蓋上了，距離有點近，我有點羞澀。偷偷地轉頭看她，螢幕的光照著她，勾勒出她的側臉，我一伸手，應該就能攬住她吧。

然而我沒有伸手。

續六

小喬是一個特別愛貓的女孩，微信表情包裡全是貓。她甚至記得社區裡幾隻流浪貓的模樣和出沒地點，經常帶點小東西餵貓。

有一次我看到零食盒多了幾根香腸，拿過來準備吃。她看見了，一把阻止了我：「別吃，那是給貓的。」

我反手就一句「靈魂拷問」：「給貓的我就不能吃？我重要還是貓重要？」

她竟一時語塞：「你想吃我另外買給你。」

我假裝生氣：「不吃了！傷心呢！人不如貓！」

……

你說是因為女孩子都愛寵物吧，她又不一樣，她養的寵物是大家意想不到的。因為很特別，我就不透露了，怕有熟人認出她。

令她著迷的事情是萬物生長——一條毛毛蟲怎麼破繭成蝶，一瓣大蒜怎麼生根發芽長成蒜苗，這些就是她饒有興味的事。

才搬進來不久，家裡的窗戶、陽台上就擺滿了綠色植物，生氣盎然。對比之前我「斷捨離」的冷淡風，不得不感慨這屋子終於像個家了。

—— 我身體不舒服……

—— 開門。

續七

補充一下，小喬愛貓也會替自己惹上麻煩。

有一次她在外面逗野貓玩，被貓把手抓破了。這下不好了，得打疫苗。這疫苗還真麻煩，不是一次打得完的，打了一針隔幾天還得再打，要跑好幾趟。打疫苗的醫院在幾公里之外，挺偏僻的，公車都不到（至少沒有直達車）。

那時候小喬跟我還沒那麼熟，不管我為她做些什麼，她都覺得欠我人情似的。

我也不知道為什麼，就是想幫她，強烈地要求送她去，她實在拗不過才答應。

喜歡一個人是什麼感覺？

就是發自內心地對你好，什麼都想給你。我沒有的我可以去創造，然後再給你。需要的話，我也是你的，你可以隨時拿去。

完全不需要表演，不需要套路，對方會感覺到的。

小喬，是不是你自己就是一隻貓？

續八

一說到兩個人相處，就有人問到哪一步了，牽手／接吻／上床了嗎？

我無言以對，但是兩個人朝夕相處肯定會有肢體接觸的。

小喬看見我房間裡的吉他：「哥，你能彈給我聽嗎？」這可要了我的命，因為對吉他，我都是三天打魚三十天曬網。但是她都把吉他遞到我手裡了，我硬著頭皮也得上啊。

多虧有些歌又簡單又好聽，比如許巍的《難忘的一天》。

陽光正溫暖，一直照進我心裡
如果沒有你，怎麼會有我今天
有時我會想起和你經歷的故事
那些情景在飛揚，甜蜜又傷感

小喬托著腮蹲在旁邊，聽得如醉如痴，喃喃自語：「超好聽！」

小喬就是這樣，喜歡什麼就是「超好聽」、「超好吃」、「超好玩」，不喜歡就是「我呸」、「你走開」。

散步的時候我會很嚴肅地告訴她：「多年以後，希望你能記得……」

「記得什麼？」看見我很嚴肅，她也會認真起來。

「記得有這麼一個冬天，記得這個校園，這個操場，這條跑道，有一個那麼優秀的

—— 我身體不舒服……

—— 開門。

男人走在你身邊……」我盯著她一本正經地說，「我簡直好羨慕你！」

「我呸，我呸！」她意識到上了當，高聲說，「你走開啦！」

我做出一副「拔劍四顧心茫然」的神情：「天地悠悠竟無我容身之地，除了待在你身邊，你說，我還能走開到哪裡去？」

她一字一頓地說：「你知不知道我很想揍你？」

我說：「知道啊，求揍啊！」

她哭笑不得，無可奈何，嘴一撇，扭頭不看我。

「不想理你！」她說。

……

讓我們把話題轉回到蹲著聽吉他的小迷妹身上。吉他一響，她的眼裡簡直閃著熠熠的光彩，跟我當年一樣，吉他摔地上都覺得好聽。

於是我問：「要不要學？」

「好啊好啊！」她很雀躍，又有點猶疑，「我學得會嗎？」

「學得會！」我非常堅定地告訴她，「就兩件事，左手按弦右手撥弦！」我為自己化繁為簡的功力表示讚嘆。

小喬真就認真地學起來。我買了本自認為最適合初學者的教程，手把手地教她。

其實她學習條件挺好的，手指又細又長。

我說：「小喬，你看，我在網路上找到了我們手指的對比照片。」

她笑得幾乎生活不能自理。

學吉他就免不了要教持琴姿勢，糾正手型。我鼓起勇氣，抓住她的手指，一根一根放在對應的琴弦上。靠得那麼近，我聞到了她身上的香味，跟我同款的香味。

沒錯，就是同款。為什麼同款呢，因為她看到我由於空氣乾燥掉皮屑，送了我一瓶面霜。說到這個又是另外一個故事了，暫且按下不表。

續九

日子一天一天地過。老實說，不好過，因為

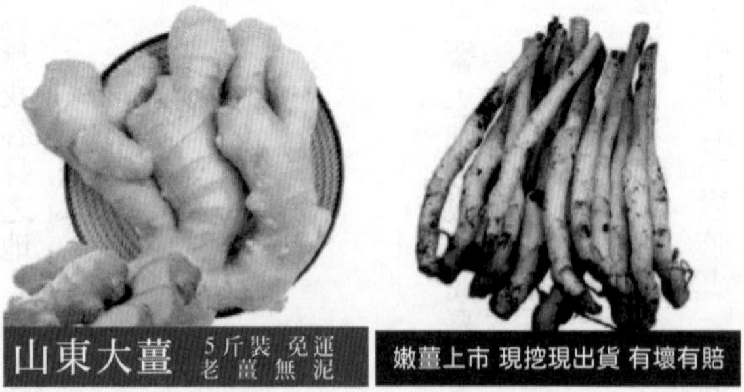

（左為我的手，右為她的手）

—— 我身體不舒服……

—— 開門。

我沒找到工作。

我嚴重低估了就業形勢的嚴峻，又對我的行業在這個城市的需求太樂觀，結果就是投出簡歷杳無音信。我一再降低薪資要求，機會仍然非常渺茫。加上之前玩了幾個月，我的職業空窗期已經很久了，所以日漸焦慮。

怎麼辦呢，只能看書、學習，保持不要跟時代太過脫節。但是在家讀書有點難，因為一不小心就會刷朋友圈刷知乎去了，所以得找個正經八百的地方讀書。我找到了最近的公共圖書館，離家二十分鐘路程，每當焦慮壓頭的時候就去圖書館看書。

那天去了圖書館，天突然下起了雨，一下就幾十分鐘，完全沒有停歇的意思。我沒帶傘，怕是回不去了，手機也快沒電了，趕緊發了個微信給小喬：「七點幫我送傘哦，我在ＸＸ圖書館。」沒多久，手機就自動關機了。

天一點點黑下來，雨沒完沒了，我已經無心讀書了。看著外面川流不息的人群，一心盼著小喬送傘給我，帶我回家。

盼啊盼，就像小時候盼著過年一樣，對著路人一個一個數人頭，心裡直嘀咕：

「走來那個是不是小喬？不是，小喬沒那麼臃腫。」

「這個是不是小喬？不是，她沒那種顏色的衣服。」

「這個是不是小喬？不是，都可以做小喬的媽了。」

……

不知道數了多少個路人，突然一個熟悉的身影閃現，小喬來了！我幾乎在看見她的一瞬間就認出了她，心裡像開了一朵花，抓起書本就衝了出去。

今天的小喬，不知道哪根筋搭錯了，竟然化了淡妝。唇紅齒白的小喬原來這麼好看！就像從畫裡走出來的人兒一樣，我看呆了。

「你幹嘛？」小喬被我看得有點不自然，「快走啦！」

「沒幹嘛。」我走在小喬前面，走兩步就轉過身來退著走，保持跟她面對面的姿態，因為實在捨不得把視線從她臉上移開，哪怕一秒鐘。

在這之前，我已經無數次沒有管住自己的嘴，認真地或戲謔地告訴過小喬：「小喬你真好看！」

她總是得意地一揚眉說「是呀我是超級美少女」或者「別誇啦，我早知道」，臭美得不行！

今天她似乎有點害羞，向上拉了拉圍巾：「別這樣，你過分啦！」

「小喬，我都愛上你了！」我不受控制地大聲說出這句話。

「你走開！」她說。

—— 我身體不舒服……

—— 開門。

續十

這麼多年我確實一直在一個人走，走過春末的南方城市，走過寒冷的內陸小鎮。每個地方都有敞亮的主幹道、高聳的大廈，也有逼仄陰暗的巷子和市場。在我看來，城與城之間並沒有什麼不同，經過的地方我過目就忘。一直覺得自己是一株漂泊不定的蒲公英，無法預知最後將落腳哪裡。

直到遇到小喬。

每天早晨八點，我迎著清冽的冷風出門，在樓下拐角處冒著熱氣的早餐店裡，跟老闆說，「兩塊錢的醬香餅，一杯豆漿」，這是給小喬的。

提著早餐搓著手回家，開始為自己煮麵條，順便燒一壺熱水。麵條還沒出鍋，就會看到小喬睡眼惺忪地走出來。

「桌上有餅，快趁熱吃吧！涼了就微波爐『叮』一下。」

小喬有點迷糊地「嗯」了一聲，倒了兩杯熱水，開始吃餅。我也坐對面吃麵條，看著她吃。她消化不好，食慾很差，吃幾口就會皺著眉，自言自語地說：「我實在吃不下了。」

這應該是我聽得最多的話了。

「要不你去體重計上稱一下看看體重掉了多少？」

她真就去站在體重計上：「我外套太重了，會有誤差的。哥，你幫我托一下。」我又得放下碗筷，幫她把衣服下擺提起來。（想起來真夠智障的哈哈。）

「真的輕了，不行不行我不能再瘦了！」小喬像是找到了動力，努力地把餅消滅掉。

偶爾我也會起得比較晚，沒去買早餐，微信就會響起來：「我在外面買餅，要不要幫你帶個粉？」

等我聽到門響，廚房裡一陣窸窸窣窣。走出來，桌上必然已經有一碗粉和一杯熱牛奶。

我們對菜市場已經輕車熟路。買豬肉去那個叫啥啥黑豬肉的鋪面，買青菜去左手邊第一家大媽那裡，還有買啥啥去沃爾瑪……

每次我都會買點瓜子回去，小喬不嗑，我一個人嗑，就像減壓似的，一不小心嗑出一大堆瓜子殼。嗑著嗑著她會來阻止我：「不要嗑啦，你看你都嗑這麼多了！」

我也怪不好意思：「不嗑了，下次不嗑了。」

然而經過菜市場，我閉口不提買瓜子的事，她卻像想起什麼似的：「是不是要買點瓜子回去？」

「上次買的瓜子你說不好吃，我記得是在那家買的，這次咱們換一家。」她記性這

—— 我身體不舒服……

—— 開門。

麼好，我自嘆不如。

我記住了路口紅綠燈的讀秒，記住了賣菜阿姨的容貌和神情，記住了樓下木耳肉絲粉的味道，我開始喜歡這個城市、依戀這個城市，儘管它的冬天這麼寒冷。

「我要留下來，不走了。」我對自己說。

續十一

有時候吃飯時小喬會興致很高。當然了，這也好吃那也好吃，能不高嗎？

「咳咳，房東哥。」

「幹嘛？」

「有時候我有那麼一點點傷感。」

「為啥？」

「你想啊，考上研究生我就搬走了，我可能就遇不到你這麼好的房東了。」

我嗤了一聲：「可不是嘛！」

「但是——」小喬拉長了聲調。

「但是啥？」

「但是你也遇不到我這麼好的房客了！」

「你可拉倒吧你！」我正色道，「這我可得糾正你一下，首先，你肯定能遇到像我這麼好的房東，甚至比我更好！」

「但是！聽清楚了，我把話撂在這！你再也不會遇到我這麼英俊帥氣儒雅風度翩翩的房東了！」

小喬把筷子一摔，眼睛一翻：「哥，你看，看我的大白眼！」

「看就看，這可是你說的啊。」我就湊過去看個仔細。

小喬往後一仰頭，鏗鏘有力地吐出兩個字：「我呸！」

續十二

此處應有音樂——老狼的《月光傾城》。

早晨你來過留下過瀰漫過櫻花香

窗被打開過門開過人問我怎麼說

你曾唱一樣月光

曾陪我為落葉悲傷

曾在落滿雪的窗前

—— 我身體不舒服……

—— 開門。

畫我的模樣

時間過得很快，眼看著就要過年了。大部分公司在春節前停止招聘了，家裡也在催著我回家。

回去幹嘛呢？春節那麼長，無非是吃了睡睡了吃，我不想回去。

姐姐開始用各種好吃的誘惑我——

「我們做了什麼什麼特產你快回來吃呀！」

「我們包了好多好多餃子你快回來吃呀！」

一聽餃子我就來勁了，你家有，我家也有！我把冰箱一拉開，排得整整齊齊都是小喬包的餃子。當然嘍，我也有參與勞動，參與度約二十%，小喬包四個我才包完一個的樣子。

正苦於沒地方炫耀呢，姐姐這是要「引戰」啊！

竟然不信我有餃子吃，掏手機、拍照、發微信一氣呵成，看你信不信。

結果姐姐看見圖片就笑了：「餃子哪有這樣包的，看我為你示範。」

姐姐發來了她的成果。

咦，好像也還行，肥嘟嘟的挺可愛。

但是不管了，當然是小喬包得最好，又好看又好吃。我一頓吃八個，放縱一點可以吃十多個。

我問小喬：「你看，和我姐姐包的餃子比起來，誰的包法更正宗？」

小喬一反過去各種臭美的常態，謙虛地說：「姐姐包得更好，你回去拍個姐姐包餃子的影片給我學習一下。」

呵，小喬，你別！我要為你討個公道，發朋友圈盲測，讓群眾評選出誰更好。

於是我發起了朋友圈公投。

民意更偏向哪個呢？你猜。

反正不管怎樣，小喬就是心靈手巧，你同不同意？二選一：A.同意 B.必須同意

續十三

然而我們各自還是要回去的，我無非是在等小喬先走罷了。

不知不覺兩、三個月了，彼此都沒有什麼社交，她又去不了太遠的地方，我們整天都在一起。一起去圖書館讀書，一起去學校散步，一起去菜市場買菜，一起在家裡宅著。二十四小時乘以幾十天，彼此幾乎都沒有離開對方十公尺範圍。

我的天，自從畢業後都沒跟誰這麼長時間地膩在一起過。一旦分開又會怎樣，我還

——我身體不舒服……

——開門。

沒想過呢。

但是小喬回家的火車票已經訂好了，凌晨五點，到家剛好吃午飯。那麼起碼四點就要從家裡出發去火車站，三點多就要起床。

頭天晚上交代她：「設好鬧鐘，早點睡。」

她說：「好的。」

結果我一覺醒來，五點半了，怎麼沒聽到鬧鐘響，怎麼沒人叫我，小喬走了嗎？

我趕緊披衣下床去敲門（似乎是第一次敲她的門），叫她。裡面傳來了哼哼唧唧的答應聲，我的天，她還沒走，她忘了設鬧鐘！

「蠢萌」得一如既往啊！

還能怎麼辦，趕緊看看能不能改簽。不能了，沒有了，只能明天再走了。老天爺……不，小喬自己又把自己多留了一天。

最後一天，冰箱裡的存貨該消滅的要消滅掉，不然就留到明年了。我一邊清點食物一邊吐槽她——總以為自己很能吃，買回來往往放好久，以至於買的量稍大點我就要鄭重提醒她：「你確定能在X天之內吃掉嗎？」她只能嘿嘿一笑，心虛！

一箱紫薯，買回來好多天，隔幾天就要扔掉一兩個壞的，結果還是吃不完，我見一次吐槽她一次。

這次她把任務攤派給我了：「我回去之後你一定要把紫薯吃完啊！」

「行行行，交給我了！」

這一天沒有讀書，吃了晚飯就在客廳裡看電影。我已經不記得是哪部電影，反正電影開始不到二十分鐘，我已經睡得很沉了。

三點就該走了，這次訂了四點的票。

那就走吧，去火車站。

深夜的長沙格外的冷清，我也難得看看長沙的夜景。那些高樓大廈，在我的學生時代耳熟能詳，有多少回憶啊。可是看看旁邊的小喬，一上車就眉頭緊鎖，閉著眼不發一語，進入抵抗暈車狀態。好氣啊，你這傢伙，都要分開了，不能陪我說幾句話？你看路邊那麼多粉店，看到每個招牌我都想進去吃一碗，你不想嗎？青椒炒肉粉加個蛋，不是你最愛的嗎？

路太暢通了，我胡思亂想還沒多久，火車站到了。

我叫醒她：「到了。」

她懵懵懂懂地醒過來說「那我走了」，便走向售票廳。

我眼見她穿過那條陰暗的路，走到了明亮處，我也走了。怎麼說也是一場告別啊，小喬，難道不應該有點儀式感嗎，比如拖泥帶水的道別，比如頻頻的回眸。可惡，你這

—— 我身體不舒服……

—— 開門。

沒良心的傢伙。

到了家，我問她上車了沒有。

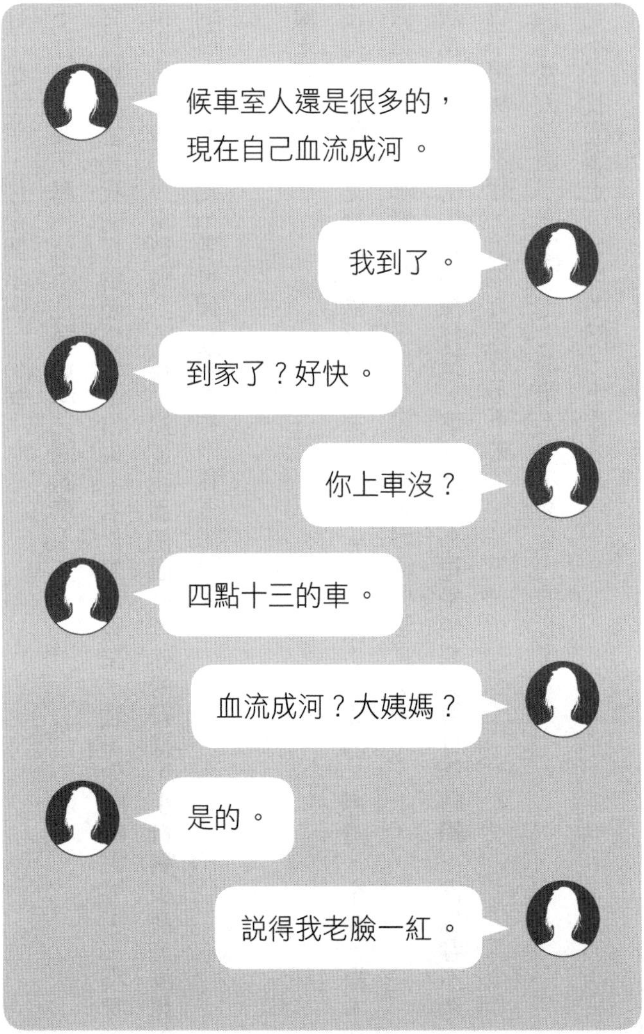
候車室人還是很多的，現在自己血流成河。
我到了。
到家了？好快。
你上車沒？
四點十三的車。
血流成河？大姨媽？
是的。
說得我老臉一紅。

你不是上車，你是開車啊，小喬！

不行，我要下車，這不是開往幼兒園的車！

突然想起當初我的行動硬碟讀不出來，借你的電腦試一試，你哈哈大笑：「哎呀，不就損失幾個G的小電影嗎？」你不知道我那個面紅耳赤的窘樣，小喬啊小喬，沒想到你這細眉大眼的也是「老司機」啊，長沙費玉清吧你？

續十四

沒有小喬的家是絕對不能稱之為家的。送完小喬回去，安靜、冷清、空曠，根本就是她搬進來之前的感覺，我似乎很久沒有體會過這種感覺了。

飯也不想做，衛生也不想打掃，這裡站站那裡坐坐都覺得百無聊賴。書也看不進，遊戲也不想玩，不行，這地方我待不下去了。

於是當天就回了老家，走之前帶走了小喬交代的紫薯。

吃不了我兜著走，可以的吧，小喬？

你離開了長沙，從此沒有人和我說話。

—— 我身體不舒服……

—— 開門。

續十五

在老家的日子就是渾渾噩噩，親人的圍繞讓我暫時放下了沒有小喬的不適。陪家人話家常，陪外甥玩遊戲，時間倒是安排得滿滿當當。

當然也不會忘了發微信給小喬：「真的很沒良心啊，回家就全心全意地玩貓。」

叮，收到一張來自小喬的微信圖片，喲嗬，自拍照嗎？

點開一看，一隻貓！每次都這樣，煩人呢！

你就不能發自拍嗎，正面拍側面拍斜四十五度拍嘟嘴拍瞪眼拍順光拍逆光拍三百六十度轉體加托馬斯回旋拍……你本來有很大的發揮空間，真讓人痛心疾首！

「小喬，摸著你的良心說，突然我不在身邊，你習慣嗎？」

「習慣啊！」

「你果然沒有摸良心，再回答一次！」

「有一點點不習慣吧，破涕為笑.gif」

「難得你有點良心，那有沒有一點點想我？」

「我呸，你走開！」

……

「小喬我要跟你嚴肅吐槽一下我外甥，天天纏著我玩《刺激戰場》，我走到哪跟到哪，老是跟我搶物資，一轉身他就堵門口，中了槍就大喊大叫舅舅快救我，煩死了！」

「媽耶，你終於體會到我的心情了！」

呃，怎麼回事，把自己繞進去了，我不會告訴你我就是《刺激戰場》裡小喬的跟屁蟲，噓……

春節在吃吃喝喝中渾渾噩噩地過去了。

初六我就想走，爸爸很不理解：「現在不用上班，為什麼不在家裡待久一點呢？」

「正因為還沒工作，所以該早點過去找工作，大部分公司開始上班了。」

爸爸又開始長吁短嘆我的婚事：「年紀不小了，不要再挑挑揀揀了。」

我任他嘮叨，握著手機沒有接話。其實我想打開相冊，給爸爸看看小喬，告訴他，我不需要再找了，那個人就在這裡。你看，聰明活潑伶俐上進還那麼好看，是不是很滿意？

但我沒有給他看，甚至沒有解釋。突然想起從來沒有跟小喬明確過什麼，你是我的女朋友還是一個單純的房客，我又是你的誰？房東哥？

如果我問你：「你能做我女朋友嗎？」你可不可以別說「我呸，你走開」，能不能正面回答我一次？

能嗎，小喬？

我沒有問她。

續十六

我到了長沙，小喬也馬上要回來了，這次是坐大巴來的，我去路口接她。車子快到的時候就一直問她到哪兒了，她一直發定位給我。眼看著那個小藍點沿著一條因為擁堵紅得發紫的高速公路越來越近，我感覺這個小藍點就是——幸福。

她快到的時候，我是小跑著過去的。夜晚的街道，燈火通明，店鋪大致都還沒開門，路上一個人都沒有，似乎這條路是我一個人的，通往幸福的康莊大道。

我也很久沒有這麼滿心歡喜地去迎接一個人。看到她時，還是熟悉的毛線帽、格子圍巾、毛呢大衣，還有活生生的這麼一個人。

十多天不見，她好像變了，說不上來變在哪裡。白了？胖了？高了？不知道，反正好看，我心裡的歡喜都要溢出來了。

我只想告訴她，我帶了多少好吃的，你餓了嗎？回去馬上有的吃。我們甚至可以一個星期都不用買菜！

回家！

—— 我身體不舒服……

—— 開門。

續十七

小喬一直不太能吃，隨便一點點東西肚子就填飽了。每吃一頓飯，前半段是因為餓，後半段是強迫自己往嘴裡填充。

為了保證營養，我們沒少在飲食上面花工夫。吃的方面好說，無非是葷素搭配營養均衡，做幾次菜就磨合得漸入佳境，我都能搞定。喝的方面就是小喬以一己之力攻關研究了。

為什麼用「研究」這個詞，因為器材之完備，原料之豐富，態度之嚴謹，只有「研究」二字才配得上。

我經常看她攪弄她的瓶瓶罐罐，把什麼橙子檸檬蘋果梨子百香果白糖紅糖冰糖蜂蜜攪來攪去，我作為她的首席產品體驗官，負責品嘗做出總結。

每次看她攪弄，我腦子裡就會蹦出奇奇怪怪的字符，比如湖南拉瓦節？長沙愛迪生？有一天靈光一現，竟然悟到了「控制變量法」的終極奧義。小喬，你一個文科生，屈才了啊！

產出也是可觀的。畢竟都是好喝的東西混一起，最不濟也就是「五味雜陳、一言難盡」，偶爾也有驚豔得讓人拍案叫絕的作品誕生。比如有一款「蜜汁雪梨汁」，名字自取的，喝完我就激動了。

—— 我身體不舒服……

—— 開門。

我說：「小喬，考什麼研究所啊，咱們去開個果汁店吧，兩年內把XX奶茶店打到滿地爬。」

小喬白了我一眼：「你走開，本仙女志不在此！」

好吧，我本來有機會成為知名餐飲公司CEO（或助理），夢碎了……

續十八

此處應有音樂——任素汐的《我要你》。

我要　你在我身旁
我要　你為我梳妝
這夜的風兒吹
吹得心癢癢　我的情郎
我在他鄉　望著月亮

你知道「茴」字有幾種寫法嗎？

不是，你知道耳朵有幾種掏法嗎？

是不是用棉籤或挖耳勺就好了？我告訴你，還有更好的方法，是小喬告訴我的。

「小喬，祭出你的獨門祕笈，幫我掏耳朵吧！別把我當人，我就是你的小白鼠。」

小喬說：「先側著頭。」

「好的，我側好了。」

然後一滴冰涼的藥劑滴進耳道，嗡嗡嗡，就像一頭扎進了游泳池。

「等幾分鐘，等耳道裡的東西都泡軟之後用棉籤擦掉就可以了。」

就像洗潔精的抹布擦過玻璃桌面。

我說：「我看不到，你幫我！」

我這個小機靈鬼啊！

「好吧。」小喬拿起棉籤，幫我輕柔地擦去耳道裡的東西。

我有點尷尬，一尷尬就動作僵硬，口齒木訥，說不出話。

我想起中學時看到一對夫妻在街邊曬太陽，老公仰面躺在老婆的腿上，老婆全神貫注地幫他修鼻毛，我覺得他們很幸福。

我就是沒來由地想起這件事，我想說小喬，我的耳朵承包給你吧，八十年免租金。

但是我窘迫得說不出話，只在心裡說了。

—— 我身體不舒服……

—— 開門。

續十九

前面說過，小喬是湖南拉瓦節、長沙愛迪生，動手能力相當強。我光知道她能在廚房裡折騰，沒想到她在其他領域也無所畏懼。

有一天她到我門口叫我：「哥，過來幫我個忙。」

「幫啥忙？」

「幫我染個髮。」

「我的天，這麼能幹，這不是凱文老師、托尼老師做的嗎？」

「我們看看說明書就知道啦！你看，染髮劑買都買了又不能退。」

好吧，「不能退」這三個字「扎心」了。

說明書上說，把A試劑和B試劑混在一起，抹到頭髮上，蒸乾、沖洗就可以，貌似自己也能做。那就來吧，今天我要化身托尼老師！

等到小喬披上拋棄式雨衣（姑且這麼叫吧，就是理髮店裡那種）坐在我面前時，我看著鏡子中的我們，突然有點發怔，沒頭沒腦地說了句：「我們拍個照吧。」然後掏出了手機。

不知是想起張無忌為趙敏畫眉，還是高曉松的「誰把你的長髮盤起」，又或者古人結婚時會剪下各自一縷頭髮，糾纏到一起，永不分離，稱之為結髮夫妻，我突然有點惘然。或許那畫面像極了舊式的夫妻照，女的端坐於前，男的站在旁邊，手搭在女子的肩膀上，所以我拍下了我們那時的樣子。

很小的時候為姐姐梳過頭，長大了為初戀梳過頭，現在為小喬梳頭，一梳就是個把小時。

看著梳齒繞過她長著絨毛的耳垂，經過她白皙的脖子，我把她的頭髮握在手裡，彷彿終於把握到了溫柔又縹緲的東西。在指尖纏繞一下，就叫繞指柔嗎？

小喬，我是托尼老師，還是誰？

「You know nothing, John Snow!」有個聲音在說。

續二十

說個悲傷的事，我仍然沒找到工作。

我是做網路的。相信從去年開始，每個人聽網路公司縮編、裁員、寒冬的消息聽到耳朵都起繭了。本人親測，那都是真的！

但是春節已過，學校都開學了，又有人在打聽租房的事情（屋子一共三個房間）。這個房子還租嗎？得租啊，我缺錢啊。但是我心裡是不想租的，原因你懂，但又不得不為五斗米折腰。

—— 我身體不舒服……

—— 開門。

我就抱著這種糾結、憋屈的心態迎來了新的……看房客。

第一個來看房的人，禮貌、大方、講話得體。

我問她：「你能和我們成為朋友，和諧相處嗎？比如一個飯桌吃飯。」

她微微一笑：「可以的，我和同學們相處都挺好的。請問你介意我們吃飯的時候用公筷嗎？」

情感上我能理解，但是我也不喜歡三個人用公筷吃飯那種略顯尷尬的氣氛，下一個。

學生確實比較單純，下一個也非常的謙虛和禮貌。

我讓小喬帶著她隨便看看，自己走來走去，心緒難平。我在生自己的氣，為了幾百塊的房租招個外人進來，打亂我們的生活，我怎麼淪落到這個境地？送走了看房的，我仍然心煩意亂。

對方禮貌地發來微信：「請問空調費用怎麼算？」

我說：「不租了。」

這位禮貌的同學，原諒我，不是你的錯，是你遇到了一個神經病房東。

我跟小喬說：「不租了，就住咱倆吧。」

小喬說：「嗯，你決定。」

「你要努力賺錢，不要讓自己人受委屈。」我對自己說。

續二十一

或許開始有點沉重了，沒辦法，生活不全是童話。

突然收到一位老闆的微信，要我南下創業。春節期間和這位老闆接觸過，也大概瞭解要做的專案。現在專案已經啓動了，正是用人之際，而且我的網路技能有用武之地，他希望我馬上南下。

這是一個機會，能解決生存的問題，甚至還有那麼一點微弱的發家致富的希望。但是，我就不得不離開小喬了。

去年我倒霉透頂，但是遇到了小喬，我感覺她抹掉了我之前遭遇的所有不快。現在，我就要主動離開她、失去她嗎？

是誰出的題這麼難啊，我根本找不到正確答案！

然而我並沒有什麼選擇權，我已經用數個月的時間證明長沙沒有適合我的機會，不能再耗下去了，必須走，畢竟生存是第一要務。

我問小喬：「如果我走了，你一個人住在這裡，害怕嗎？」

她說：「害怕。」

—— 我身體不舒服……

—— 開門。

嗯，那我為你找個伴。我跟老闆推遲了一個星期的出發時間，用來處理自己的問題，然後開始為小喬招室友。

朋友們，你們能明白那種心情嗎?不得不離開自己喜歡的人，而且去期已定，現在倒數計時，在時鐘的嘀嗒聲裡等鍘刀落地。

在那種酸楚、煎熬、失落的情緒裡，我等來了新的房客。我沒記住她的名字，但可以稍微安心地走了。

「我們要盡快把家裡帶來的菜吃完！」小喬說，「你到了南方就吃不到了！」

續二十二

此處應有音樂，張瑋瑋的《米店》。

愛人，你可感到明天已經來臨
碼頭上停著我們的船
我會洗乾淨頭髮爬上桅桿
撐起我們葡萄枝嫩葉般的家

去期已定的日子裡，小喬有點忙，忙著安排我的行程。

「哥，長沙有啥你想去的地方，咱們一起去玩。」

「好啊好啊，豆瓣說北辰三角洲兩館一廳值得去。」

「好，明天我們一起去北辰三角洲！我來安排！」

不錯，不知是什麼激發了小喬，她突然變成了一個有擔當的「女漢子」。

第二天冒雨前往，先去博物館，門口站了幾個穿制服的，攔住我們。

「有預約嗎？」

「沒有。」

「身分證呢？」

「咦，我身分證呢？」（摸口袋）

好吧，小喬，丟三落四我就服你！沒人比你更丟三落四了……除了我。

搜遍了所有口袋，都沒找到身分證（其實我也沒帶），小喬沮喪得長吁短嘆。

我說：「沒事，進不去展廳看不了展品不重要，重要的是誰在身邊，跟誰一起看。」

畢竟我們還可以混進圖書館看書呀！

長沙圖書館的空調溫度開得太高了，室內像個蒸籠，實在待不了太久。

—— 我身體不舒服……

—— 開門。

想回去，可外面大雨滂沱根本出不了門。我們發現一樓有兩個朗讀亭，特別好玩，朗誦名家作品，配上應景的音樂，還可以上傳到伺服器讓其他人欣賞。

我不會告訴你小喬的朗讀效果怎樣，語速快得像有人在後面揮著鞭子驅趕。

小學生背課文，腦補一下？

我也朗誦了朱自清的《匆匆》。

> 於是——洗手的時候，日子從水盆裡過去；吃飯的時候，日子從飯碗裡過去；默默時，便從凝然的雙眼前過去。
>
> 我覺察他去的匆匆了，伸出手遮挽時，他又從遮挽著的手邊過去，天黑時，我躺在床上，他便伶伶俐俐地從我身上跨過，從我腳邊飛去了。等我睜開眼和太陽再見，這算又溜走了一日。我掩著面嘆息。但是新來的日子的影兒又開始在嘆息裡閃過了。

那裡還能找到我們上傳的錄音文件嗎？

嗯，這就是小喬安排的一次出遊，雖然她還多次問我要不要去附近的公園，我不想去，就守著家裡的油鹽醬醋，挺好！

續二十三

離開的那一天，小喬有點不正常。

她讓我吃了一天的牛肉，中午吃牛肉，晚上又吃牛肉，今天怎麼跟牛肉槓上了呢？我倚在門框上，看著她繫著圍裙翻炒芹菜和牛肉，突然想起，曾經跟她說過一件軼事。

我說，我大姐這人特有意思，每次我離開家去南方的時候，她就在家裡炒一份芹菜炒牛肉，用飯盒裝好，叫我在路上吃。為了裝多點，飯和菜都壓得實實的，看著分量不大，其實一碗頂兩、三碗。每次如此，後來都有默契了，每次離家必帶一份芹菜炒牛肉。

我問小喬：「你這是沿襲了我大姐的優良傳統嗎？」

「哼！」小喬抿嘴一笑，頭一偏，「不告訴你！」

呵呵，小丫頭片子！

菜快出鍋的時候，她夾了根牛肉絲嘗了嘗。

「嗯，好像不鹹！」她皺著眉頭說，然後又夾一根，伸到我面前，「你嘗一下夠不夠鹹？」

我這不正在門框邊嗎，沒著沒落的，用什麼接啊我？正慌亂不知道該去拿筷子還是直接用手接，小喬筷子一伸，牛肉絲已經餵到了嘴裡。

—— 我身體不舒服……

—— 開門。

我都僵住了，小喬你以前不是這樣子的！

有一次吃飯時你夾了點兒菜，讓我嘗嘗鹹不鹹，我下意識地張開嘴巴去接。你愣在當場，然後捶桌大笑，說我怎麼這麼沒羞沒臊，不用筷子接用嘴接！

可是今天！你讓我心裡好亂！小鹿亂撞！

吃完中飯，小喬把客廳窗簾都拉上了。

「我們看個電影吧。」

「什麼電影？」

「《後會無期》吧。」

「為什麼看這個？」

「上次看完《飛馳人生》的時候，你說下次看這個。」

我想起來了，看完《飛馳人生》我說韓寒還有個《後會無期》，裡面不少話說得挺有意思。奈何小喬只鍾愛科幻片，一直說以後再看以後再看。

以後可能沒有以後了。

我們盤腿半躺在沙發上，坐姿比當初自然多了，蓋著同一條毯子，也不用像以前一樣中間留一條凹槽以示區隔。

我們隔得更近了，可是今晚過後就會很遠了。

續二十四

此處應有音樂——Take That 的 Rule The World。

You light the skies, up above me
A star, so bright, you blind me
Don't close your eyes
Don't fade away, don't fade away
Oh Yeah you and me we can ride on a star
If you stay with me girl
We can rule the world
Yeah you and me we can light up the sky
If you stay by my side
We can rule the world

目的地有七、八百公里距離，十個小時車程。我本想著下午六點出發，明早八點到達，中間睡四個小時。

—— 我身體不舒服……

—— 開門。

一直拖拖拉拉，拖到了九點。不行，該走了，再拖下去就是明天了。

小喬說：「我送你去車庫吧。」

我說：「嗯。」

我提著行李走在前面，她提了一袋水果和零食跟在身邊。離別時的壓抑讓我難受，走得遲疑又沉重，沉默得不知道說什麼。我裝作稍微開心點，跟她交代煤氣卡放在哪個抽屜，萬一遇到生活問題去哪兒找管委會。

車庫很快就到了，我把東西放到後座，站在車門邊。

「那我回去啦？」小喬對我微微一笑，小小地揮揮手。

我頭腦一熱：「別走！」

小喬站住，大眼睛看著我。

我又退縮了，只吐出五個字：「不握個手嗎？」

「好！」她大大方方地伸出手來。

我忙不迭地握在手裡，看著瘦兮兮的手，原來也這麼溫軟細膩。

握了好一會兒，小喬神情有點不自然，抽了回去。

「好啦，可以啦……」她說。

「可以抱一下嗎？」我花光了所有的勇氣，做了個張開雙臂的姿勢。

感覺人都虛了，輕飄飄的。

「嗯。」小喬沒說話，低著頭，往前欠了欠身子。

我像是得到了莫大的鼓勵，把她抱到了懷裡。

香，瘦……這是當時的感覺。

我努力地控制自己加速的呼吸和顫抖的身體。

良久。

她拍拍我後背：「可以啦，別搞得像生離死別似的。你以後不是還可以回來嗎？」

我放開了她，她臉頰通紅，目光躲躲閃閃的不看我。

我說：「你回去吧，我走了，有空會回來的，現在交通很方便。」

她低著頭往回走。我突然想起了什麼，叫住她。

我說：「有個事情，說出來你不要多想。我的意思是……你房租可以不用給。」

小喬說：「不不不，我有錢，該給的還是要給的。」

我解釋說：「我不是要用這錢跟你交換什麼，純粹是希望你不要有額外的壓力，專心把書讀好。」

「我爸爸會給我錢，我真的有錢。」小喬說。

「行行行，你有錢，我也覺得那話說出來怪怪的，我就是真心希望你好，」我說，

—— 我身體不舒服……

—— 開門。

「我能做的不多，這是我確定做得到的。」

「我也希望你好。」小喬說。

「會好的，」我說，「我想做的已經說出來了，你不要有壓力，回去吧。」

她走到盡頭，轉身對我揮揮手。

我也揮揮手，看著她進門，我上車，按下了啓動按鈕。

續二十五

此處應有音樂——韓寒的《奉獻》。

長路奉獻給遠方，玫瑰奉獻給愛情
我拿什麼奉獻給你，我的愛人
白雲奉獻給草場，江河奉獻給海洋
我拿什麼奉獻給你，我的朋友
我拿什麼奉獻給你，我不停地問
我不停地找，不停地想

外面細雨濛濛，是我抱怨了無數次的長沙天氣。

我穿過燈火璀璨的街道，在導航的指引下前進。很快，車子就開出市區，到了收費站。ETC的桿子迅捷地抬起，而我，即將一頭扎入未知的生活。

空載的車子格外輕盈，輕踩油門、提速、併道，我以一百二的速度將這個城市拋在身後。

後視鏡裡一片朦朧，城市也變得遙遠，只有那片更亮的夜空昭示它的位置所在。半個小時前我也是身後夜空下萬家燈火的一分子啊。

平時這個時候，我應該在那林立的高樓中，某個不起眼的窗戶裡，橘色的燈光下問小喬：「要不要來個甜酒沖蛋補充一下營養？」

「不要，不想吃。」她一定會噘起嘴巴，這麼說。

短期內不會有這樣的場景了，我想，明天我就將在一個溫暖如春的地方，潮汕米粉、早茶、白切雞……當然不會有青椒炒肉粉，不會有甜酒沖蛋，更不會有她做的芹菜炒牛肉和沖好的熱牛奶。

我有些黯然，我會盡快回來的！如果公司發展順利，我就複製業務模式，到長沙開分公司。現在哪兒我都不想去，只想去長沙，我已經忘了吐槽過一萬次的長沙冬天。

打開音樂軟體，找到《飛馳人生》的片尾曲——《奉獻》，音量開到二十，點了單

—— 我身體不舒服……

—— 開門。

曲循環。沒有人會知道，在漆黑的夜空下，高速公路上，一輛飛馳的小汽車裡，有人淚流滿面地大聲歌唱：

「我拿什麼奉獻給你，我的愛人。我不停地問，不停地找，不停地想……」

續二十六

特別衝突，沒人管的時候會因為尋求認同、理解、溫暖不可得而孤獨，有人矚目時又覺得如果沒人看著我該有多快樂。

匿名讓我可以肆意揮灑自己的幸福和憂愁，可以毫無道理地分享自己喜歡的歌。但是，猝不及防被朋友認出來了，我有點迷惘，似乎被人識破了真面目就不會說話了。下午本來有時間，一直坐在窗前發了許久的愣，什麼都沒寫。

朋友說，這個故事從被人看到之時起，就已經不完全屬於你了，你該寫完。好，我一定把它寫完。

《人類大歷史》裡說，人類發展到現在，物質水平提升了不知道多少，但人類的快樂或許跟過去並沒有區別。多巴胺的分泌會調節，不會讓你持續地處於快樂中，同樣也不會持續處於悲傷中。

到了新的地方，我也很快從離別的傷感裡走了出來。

是呀，有什麼大不了的呢，全國任意兩個地級市都有辦法在兩天之內抵達，我和長沙的距離也不是無法逾越。過來之前我都查好了，每天晚上有兩趟火車從現在的城市出發，隔天六點多到達長沙。哪怕明天想見到她，我也可以買一張今晚的臥鋪票，在她睡醒之前出現在她面前。

如果想和她過週末，我可以在星期六的清晨到達、星期天的傍晚離開，整整兩天，不浪費一丁點兒時間。何況，她也可以選擇報考廣州的大學啊，廣州大學那麼多，總有適合她的，這裡溫暖濕潤，她一定會喜歡。

所以長遠來說，我不是遠離了她，而是靠近了她。我為自己的深謀遠慮暗暗按了個讚。

所以，小喬，好好學習吧，考到廣州來。不是有句「雞湯」說，哪有什麼歲月靜好，是因為有人負重前行。我就願意做負重前行的那位，全力支持你過理想的生活。

生活陡然更加光明了呢！

續二十七

思念全靠微信維繫。每天中午十二點下班，下午六點下班，順手就會通個電話，聽她絮絮叨叨的。

—— 我身體不舒服……

—— 開門。

說我走了之後飯都吃不好了，新來的室友根本不打照面，一個人做飯把握不好量，煮少了蓋不住鍋底，煮多了又不想吃剩飯剩菜。

她添置了新的湯鍋，特別好用，只要設置好就可以有湯喝，不用花太多時間在廚房了。

買了新的衣服，又便宜又好看，「你看是這個樣子的。」

當當網老是辦活動，買書差一、兩百，問我有沒有想湊單的。

換了種洗面乳，「你看看痘痘好像都沒有了呢。」

我沒帶走的書她拿了幾本過去，感覺哪本哪本寫得怎樣怎樣呢。

……

她說什麼我都樂意聽，就算不說話我也不想掛電話。有一次通完話，她看了二十分鐘書才發現還沒有掛斷。

她說：「你怎麼不掛電話呢？」

可我為什麼要掛呢？只要你不掛，我就可以一直聽著，聽你說話、聽你翻書、吃東西、睡覺、打鼾……都行，如果你真的打鼾的話。

續二十八

可是，我最想看到的還是你的人呀。

手機裡存著三張偷拍、好幾張正經拍、三段視訊，每天翻來覆去地看。以前不覺得有什麼問題，現在才知道根本不夠看。為了騙張照片，威逼利誘坑蒙拐騙的手段都用上了。

「咳咳，今日份自拍該發過來啦！」

「好哦！」

叮，收到一張圖片，滿懷希望點開一看，果不其然……是一隻貓！

這樣的騙局天天都在上演，還無處申訴，我的痛誰能懂？

有時候，我還要出賣色相自拍一張做等價交換。

「哇，你照片好土！」小喬在那邊說。

「嗯，」我已經榮辱不驚，「慫歸慫，禮尚往來的規矩不能破。」

於是，就能收到一張嘟嘴的、捂臉的、搞怪的照片。

能正經點嗎，小喬，我是認真的！

—— 我身體不舒服……

—— 開門。

續二十九

可是，不管你承不承認，山水迢迢的無奈是客觀存在的。

她說洗衣機突然不脫水了，不知道怎麼辦。

廁所的門被風吹得反鎖了，不知道怎麼辦。

新來的室友行蹤飄忽，整天都見不著人。

她要開著燈睡覺，因為不確定室友在不在家，不知道屋子裡是不是只有她一個人。

我傻傻地說：「你敲敲她的門，或者微信問問她就知道了。」

「可是，萬一確定她真的不在家，我怎麼辦？」

突然很心疼。

還有，打不開瓶蓋怎麼辦？

種種細碎的小事，如果我在身邊可以舉手之勞輕鬆解決，但現在，只能看著她獨立自強。

這種感覺，你能體會嗎？

小喬只是個「脆皮」法師，不應該有這麼爆炸的物理輸出。我應該化身張飛，一個「二技能」跳過去，為她加個護盾。但是我做不到，「二技能」跳不了八百公里遠。

（圖為小喬用菜刀剁開的瓶蓋）

續三十

苦澀也是有的。

有一天小喬發了一張淡妝照給我，問我效果如何。

我說：「不錯，是你X地的閨密來看你嗎？」（她跟我提過）

她說：「不是，是個男的，很久沒見了，明天中午帶他去吃火鍋。效果可以的話明天我就化這個妝咯？」

我說：「可以。」

第二天中午，我說我也想看看打扮後的小喬，她說在吃東西。晚上八點發微信說在洋湖濕地公園，好吧，九點打電話沒人接。就像爛大街的劇情一樣，我開始胡思亂想。幾個月都沒有跟任何人來往，今天會是一個什麼樣的朋友呢，為什麼這麼晚還不回家？

內心戲狂飆。

「你不應該這麼八卦，你不該這麼想，你要陽光一點大度一點！」

「可我就是那麼想了，前男友？追求對象？到底是誰……」

左衝右突，我要「爆」了。

我只能找我姐說：「我難受，控制不住地胡思亂想，情緒無法釋放。」

—— 我身體不舒服……

—— 開門。

我姐說：「那你就告訴她你的真實感受。」

於是我說我吃醋了。

直到十點多，她回來了。

我又說，吃醋的感受不好，她沒有回話。

有什麼關係呢，過幾天就好了，反正清明節假期快到了，我也要回長沙，馬上可以看到小喬了。然後再過若干天，我就過生日了，再請假回來。

「一起過生日好不好？」

「好！」小喬說。

歸心似箭，終於到了假期。進了社區，已經一掃冬天的陰冷，有了暖暖的太陽。心情愉悅，如沐春風。開門進去，目光所及全是熟悉的樣子，小喬還沒起來。

起來後，高高興興地帶我去吃粉，是她最新發現味道不錯的粉店。聽她彈最近學到的曲子，讓我看看琴藝有沒有精進。

真好。

不好的是，她還是忙於課業，上午下午雷打不動。

前面兩天不覺得有什麼問題，第三天我終於忍不住了：「小喬，我回來好幾天了，你真的沒有想過分出半天時間陪陪我？隨便走走也好，坐下聊聊天也好。」

小喬像突然醒悟，歉意地笑：「是的是的，我們出去走走吧。」

這次可要多拍點照片了，不然怎麼度過分開後的漫漫長夜。

散步回來的路上，接到爸爸的電話，又嘮叨了一頓要快點找女朋友早日結婚。

小喬說：「是你爸爸嗎，我覺得他催得也對，你應該多接觸一些女孩子，找個合適的結婚。」

我心裡一沉。

吃晚飯的時候，我突然沒頭沒腦地問她：「為什麼你說要我多接觸一些女孩子，難道不應該直接接觸你嗎？你一直知道我喜歡你，你喜不喜歡我？」

「不喜歡。」小喬沒有絲毫的猶豫。

我不敢相信我的耳朵，以為她還在開玩笑，用凝重的語氣跟她說：

「你認真點回答我，以這一次說法為準！」

「不喜歡，」小喬很肯定，「我已經有喜歡的人了。」

我大腦一片空白，說不出話。

在抖音看過骨牌表演，排列得多麼宏偉的城堡也會在十五秒內坍塌。此刻，我心裡那個美侖美奐的城堡和花園，也坍塌了。

我味同嚼蠟地吃完飯，也沒有收拾，麻木地走進房間，一語不發。

—— 我身體不舒服……

—— 開門。

微信響了，是小喬的轉帳訊息，兩個月房租，我一聲苦笑。

「不喜歡而已，馬上就變成赤裸裸的金錢關係了嗎？」我點了立即退還。

「沒有啦，應該交的。我已經有喜歡的人了，是一個小學弟，跟你提過的。」

好像是提過，某一次她問過我跟小男生在一起會不會覺得對方不成熟。

當時我完全沒有放在心上。

上次折磨得我寢食難安的事情，她似乎毫無印象，都是我庸人自擾嗎？

她再一次發來微信轉帳。

我收下了，有什麼東西在此刻畫下了句號。

第二天，我還要在家裡待一天。要小聰明多爭取到的一天假期，現在變成了諷刺，我躺在床上度日如年。

早上她發微信給我：「要幫你帶個粉嗎？」

我沒要。

中午發微信給我：「要幫你帶個粉嗎？」

我說：「好，我餓了。」

木耳肉絲粉，她額外幫我加了一顆蛋，在難熬的沉默中吃掉。米粉六元，雞蛋一點五元，共計七點五元，滿腦子想著要不要轉錢給她。

「你晚上想吃什麼菜，我一會兒去買。」她說。

「我不吃晚飯了。」

吃完粉我還是沒收拾，從昨晚開始就沒有進過廚房了。

那個三坪大的空間，曾經有無數細碎、溫暖、平凡的笑鬧，以後都不會有了，我不想再踏進一步。我只想時間的變速齒輪能調快點，快快逃離這個地方。

「我送你去公車站吧。」她說。

我默然，算是同意。

一路沉默不語，走到公車站台，很快車來了。

我說：「我走了。」

她揮揮手。

「握個手吧。」我伸出手。

她略一遲疑，我們握手道別。當我坐到車上去人群中搜尋她，她已經不見了。

告別的時候，還是要用力一點，因為你多說一句沒准就是最後一句，多看一眼，不好就是最後一眼。——韓寒《後會無期》

——我身體不舒服……

——開門。

我是不是應該傷心欲絕，坐在火車上旁若無人地掩面哭泣？沒有，我神情木然，恍若隔世。靈魂好像飄起來了，無著無落，又如同佇立荒原，看天地蒼茫，而自己無所依傍。昏黃的燈光下，站台在慢慢地倒退。

原計劃二十多天後會重新回到這裡，在溫馨的屋子裡一起吹滅蠟燭。現在應該不知歸期了吧，就讓那些隱忍和衝動葬在這裡好了。

「上車了。」我發了個微信。

「好的，希望再見的時候是彼此最好的樣子。」她回覆道。

我有點恍惚，會在哪裡再見呢？什麼樣的心情，什麼樣的場景？

好遙遠，好縹緲。

此處應有音樂——老狼的《虎口脫險》。

把菸熄滅了吧，對身體會好一點
雖然這樣很難度過想你的夜，捨不得我們擁抱的照片
卻又不想讓自己看見，把它藏在相框的後面
把窗戶打開吧，對心情會好一點

這樣我還能微笑著和你分別，那是我最喜歡的唱片
你說那只是一段音樂，卻會讓我在以後想念
說著付出生命的誓言，回頭看看繁華的世界
愛你的每個瞬間，像飛馳而過的地鐵
說過不會掉下的淚水，現在沸騰著我的雙眼
愛你的虎口，我脫離了危險

刪除了備注，取消了置頂。她會在我的聊天列表裡沉下去吧？沉到三頁以後的人一般我就記不得了。

那就自然地來吧，悄然地去吧，去到應該去的地方，直至淡忘。

好些天都沒有人跟我說話。我打開QQ音樂，突然很想聽一首歌。

可是，歌沒了，下架了。一個人真正離開，就像歌曲突然下架，不會有一聲「再見」。

我跟姐說：「活著有什麼意義？我覺得非常空虛。我這麼難受，就想聽聽歌治癒一下而已，結果發現一首歌它都不給我。是不是老天篤定了在這一個月裡要把我喜歡的一切都帶走？」

——我身體不舒服……

——開門。

姐說：「怎麼會沒意義？還有那麼多愛你的人。想想你的家人，為你付出過多少，不論你貧窮富有輝煌還是落魄，時時刻刻為你守候。」

我沉默了半晌：「你說得有道理。」

此後的一段時間都沒有和她說話。

直到有天看到有人發了個朋友圈，說有一個俊美的神，因為太俊美了，在河邊看到自己的倒影，深深地迷戀上了自己。

突然想起以前總是和小喬自吹自擂加互相打壓（不，她單方面打壓我），手一抖轉發給了小喬。

她哈哈哈地笑了，然後說起她的近況，說她最近焦慮、失眠、神經衰弱。

我還是心疼，又有點尷尬。

「睡前跟男朋友通電話，讓他哄到睡著吧。」我這麼建議她，心裡有點隱痛。

「沒用。」她說。

「那就不要想太多，只想明天，」我說，「畢竟後天的事情都難以預料。」

第二天她告訴我，好開心，昨晚睡得很好。

「因為我遠程發功了嘛。」我習慣性貧了一下。

「我一直暗示自己只想明天的事，結果睡著了，」她很高興，「美滋滋！」

「房東哥，你那個房間要不要租出去，我想找個考研究所的同伴一起讀書。」

我心裡一顫，小喬，那麼意思是我唯一回長沙的藉口也沒了嗎？

「算了，那個房間沒有空調。」我這麼回覆她。

總之，為她能睡好覺而高興，但是我似乎沒有太多要說的話了。

開始發現，我不再是每段對話裡最後發言的那個人了。

聊天也回不到過去了。我要字斟句酌，注意措辭，把握分寸，掂量身分。親暱一點的關係會讓我迷惑，我已經落荒而逃，泅渡到了對岸，目送你離開。

我是放完大招的明世隱（《王者榮耀》中的一個英雄角色），熱情已經傾囊而出，現在血槽空了，一碰就死。我得回城，去泉水裡回血。

是時候說再見了，也和這些天等著我更新的朋友們。作為當事人，我更希望有個圓滿的結局，但是我給不了。這就是生活的真相。

還有什麼遺漏嗎？我在想。

有的，一個眼神，一句玩笑，一個表情……太多了。

我說：「小喬你記得有一次去吃火鍋的路上，我講了個冷笑話把你笑得直不起腰嗎？」

她說：「不記得了，當時我們說拍成抖音一定會火，可是我也不記得了。」

—— 我身體不舒服……

—— 開門。

日子接踵而來，我們都沒有時間回顧過去，許許多多細碎的瞬間注定消逝在歲月裡。還能緬懷的就是留在手機裡的照片，我沒有刪，也沒必要刪。倒是突然想起，小喬也經常主動為我拍照片，但每次拍照都是用我的手機，從來沒用過她的。或許從頭到尾，她都沒打算留下我的痕跡吧？

大夢初醒，荒唐了一生。

所幸人生很長，什麼是開始什麼是結束並沒有那麼清晰，或許我們還可以滿血復活，以滿腔的熱忱投入生活。祝福那些赤誠熱愛的人們，不管是愛人還是愛事業愛生活。

> 我不再裝模作樣地擁有很多朋友，而是回到了孤單之中，以真正的我開始了獨自的生活。——余華《在細雨中呼喊》

用哪首歌結尾呢，我想到了這首，完全沒什麼道理，就是想到而已——The Sound Of Silence。

Hello darkness my old friend

I've come to talk with you again
Because a vision softly creeping
Left its seeds while I was sleeping
And the vision that was planted
In my brain still remains
Within the sound of silence

續三十一

小喬看到這帖子了嗎？她會不會十分感動然後跟房東哥峰迴路轉？

答：看到了。不會。因為這全部是一個老男孩的主觀想法，切換到小喬視角有可能是截然不同的故事。就當我說了一通夢話，讓這個故事過去吧。

要相信和尊重每個成年人的選擇。不要有太多一廂情願和欲言又止。

—— 我身體不舒服……

—— 開門。

同桌往事

直到後來我才知道，這些被命運明碼標價的東西，其實是被我莫名其妙的驕傲消耗了。

我的高中同桌是優秀到被同學孤立的那種女孩。她身形小巧，長得漂亮，成績也好。記得有一次上數學課，她一直低著頭做題，沒有聽講，結果突然被老師叫去黑板上解一道難題，她寫了滿滿一黑板。那個老師特別愛損人，班裡幾乎每個同學都被他羞辱過。我們看她解出了這道題，都覺得特別解氣，全班熱烈鼓掌。後來班裡一個黑黑胖胖、自帶老大氣場的女生大聲地咳嗽了一下，掌聲又馬上變得稀稀落落了。

我的同桌臉紅到了脖子根，迅速從我身後繞過來回到了座位上。之後的半節課她一直趴在桌上，老師也沒再叫她。那時，我剛跟她同桌不久，見她神情窘迫，就寫了張字條給她，大概寫的是「別在意別人什麼反應，你很棒啊，能幫我學數學嗎？」她看完字條，有點害羞，回了我一個「好」字。從那天開始，她就一直督促我學數學，連我媽媽都特別感謝她。本人作為一名沉迷玩樂隊的「學渣」，大學考試數學能考到一百多分，正是因為我的這位女同桌讓我喜歡上了數學。

雖然她在本班裡人緣不太好，但也有一、兩個其他班的朋友，平時下課時間不是跟朋友們出去，就是在座位上寫作業。她家的經濟條件可能也不太好，她的校服被洗得發白，女生們下課時間時常買零食交換，我從沒見她買過。之前我有一個哥兒們想追她，買了一大包糖果給她，托我轉交。我看到她拒絕的時候，盯著那包糖果，很明顯地咽了一下口水。那一瞬間我突然非常心疼，對她說你不要的話我吃吧。我剝了一顆放進嘴裡，又剝了一顆塞進她嘴裡，她笑眯眯地嚼起來。其實我不愛吃糖，但那顆草莓味的阿爾卑斯糖特別好吃。

有一次我的樂隊在學校禮堂演出，我問她去看嗎，其實心裡還挺期待的。結果她說週末要帶弟弟，又說：「她們……可能不想讓我去。」我當時非常憤怒，在班裡很大聲地說：「我想讓你去看我們演出！」她急得站起來捂我的嘴，我也毫無招架之力地被她捂著。班裡的同學開始起鬨，她又馬上坐了下來縮在座位上。我看到她那受氣包的樣子，真想罵她，又於心不忍，不知道她在怕什麼，為什麼總在忍受。我對那些起鬨的同學大吼：「起什麼鬨！有病啊！」那個黑胖女生回了我一句：「你有病，我有藥啊，你要嗎？」我沒理她，出門去排練了。

結果在演出前，鼓手滑雪摔斷了胳膊，只能由琴行裡的一個老哥來代替。演出時，

—— 我身體不舒服……

—— 開門。

我在人群中瞬間找到了她。那天學校不要求穿校服，女生們都極盡所能地打扮，只有她穿著校服，我特高興。她抱著一個五、六歲的小男孩，那嫻熟的手法，就像個小媽媽。旁邊的琴行老哥說：「那個穿校服抱小孩的女孩長得不錯啊。」我有點不爽他那副德行，隨口說了句：「這是我的妞。」隨即找到了台下那個正忙著「把妹」，摔斷胳膊的鼓手，讓鼓手把她的座位換到前面來。鼓手樂呵呵地去找她，我遠遠就看見她正在拚命地朝鼓手擺手表示拒絕。鼓手哥兒們沒轍，朝我聳了聳肩，我真是拿她這種性格無話可說。

正值寒冬，她只穿了一雙舊的滑板鞋。我回家跟我媽說，我想送教我數學那個女生一雙鞋。我媽覺得我非常懂事，週末就帶我去商場為她挑了一雙。我擔心她不敢收，就放在校門口的商店裡，寫了張字條給她，要她放學去取。放學時我遠遠地跟著她，見她像個賊似的鑽進商店，然後緊緊抱著盒子像抱著寶貝似的溜了。可惜那雙鞋跟校服並不搭配，但想到她會很暖和，我就覺得很安心。

其實那陣子班裡在傳我倆的緋聞，我心裡還是很得意的。畢竟她又漂亮，成績又好。可是後來，我做了一件非常過分的事，打破了原有那份安靜的幸福。

有一天下課時間，我在班裡和朋友玩「飛鷹十三張」，我抽中了一張寫著「寫情書給下一個進教室的女生」的任務卡。我飛快地瞟了一眼我們的座位，她不在！我心裡開始隱隱期待下一個在門口出現的會是她。果然，她拿著水杯從外面回來了，大家都用異樣的眼神望著我。我很得意，花了兩節課，調了座位避開她，認認真真寫了人生中的第一封情書。放學以後，我鄭重地把信交給她，請她看完一定要回信給我。其實任務裡面只說要我寫情書，並沒有要求對方回，這個要求是我自己加的。

我回家忐忑了一整晚。第二天一早晨讀課，她塞給我一張字條，誰料鼓手哥兒們從最後一排衝過來，一把搶走了字條，大聲說道：「楊，你贏了！你不光寫了情書，還收了回信哪！」班裡同學瞬間哄堂大笑，我立刻去搶，他把字條扔向了同學們。只見一個女生接到後轉身遞給了那個黑胖女生，她朝我同桌邪笑著說：「你來拿，我就給你。」我把同桌推回座位，想自己過去拿，結果她立刻打開字條大聲地念出來：「楊，我答應你，但是我們要約法三章⋯⋯」她的聲音很快被笑聲淹沒。我轉頭看同桌，她趴在桌上，一定是哭了。我情急之下大吼了一聲「都給我閉嘴！」班裡安靜了下來，下一幕就是我們樓層管理早讀的老師衝進班裡，吼我出去罰站。我出去前，又看了她一眼，她仍趴著。我默默地想著，回來就跟她好好解釋——我是認真的。

我在外面站了一會兒，班導師來了，要我去辦公室寫悔過書。我幾筆寫好，老師覺得不滿意，又罰我站了兩節課，等我回到班裡，發現她和她的書包都不見了。我瘋了似的衝到最後一排，一拳打向鼓手哥兒們，他一臉難以置信地看著我，我對他喊道：「別

—— 我身體不舒服……

—— 開門。

人不知道我的心思，你他媽還不知道嗎！」

因為打人，我被勒令停課一週。等我回到班裡，發現我們的座位都是空的。前排女生回過頭來對我說：「楊，你太過分了！她轉去五班了。」我們班比五班成績好得多，她居然為了逃避我而去了成績不好的班級。

我去找她，她看都不看我一眼；我托人帶話，都沒有回音。還是那個前排女生告訴我，五班班導師開班會時順口說了一句「約法三章」，引得他們班同學哄堂大笑。我的一顆心揪著過了好久。

事情發生不久之後，我在學校羽毛球場堵住她。她從牙縫裡對我擠出了「你真噁心」這四個字，眼神裡流露出一種堅定的恨意，陌生到簡直讓我認不出她了。我當時心裡想的是，難道我們連這點默契都沒有嗎？很明顯我們之前就是處在曖昧狀態啊！我看不懂，她能對任何人隱忍，為什麼偏偏對我這麼苛刻。

直到後來我才知道，這些被命運明碼標價的東西，其實是被我莫名其妙的驕傲消耗了。

高二那年的冬天特別冷，雪下得特別大，但她不再穿我買的鞋了。我還知道有個男生對她特別好，也是一個全年都穿全套校服的男孩，成績也很好，後來去了國內某頂尖大學學經濟管理。在我們那個時代，年滿十八歲且特別優秀的高中生，得過省級優秀團員就可以入黨，那小子得到了這個入黨名額。

過完年，我就去北京上藝考培訓班了。那段日子過得比較舒心，因為看不到她，可以想她，與她過往的點點溫存可以支撐著我的生活。但是我無法想到她那個充滿恨意的眼神，每次一想起來，感覺就像噩夢初醒那樣心慌。

鼓手哥兒們大學考試前選擇了休學，去琴行打工教鼓，放棄了考大學。他現在是一家滑雪場的教練，開著一輛小吉普車，生活也挺瀟灑。只是我們很少聚會了，因為不在同一個地方生活，也都沒再提起當年的事。

我跟妻子剛戀愛的時候曾經跟她提起這事，她分析，同桌的原生家庭對她後天性格的養成影響很大。可能其他人對她再過分，都沒有她的親生父母對她過分，像週末要照顧弟弟，冬天穿輕薄的鞋，沒有校服以外的衣服……所以她雖然能忍受同學的霸凌，但其實骨子裡既自卑又驕傲。她曾經很在意我，後來卻認定是我耍了她，和那些欺負她的人一樣。

也許正因如此，後來不管我再怎麼向她解釋，她都不會再接受我。高三那年的春節是我爸媽來北京陪我過的。他們回去時，我請他們帶了禮物給同桌。我媽後來告訴我，一開始同桌百般推辭，實在推托不過這才收下了，對我來說算是些許安慰吧。我參加完藝考回到學校，已經是高三那年的四月了。家鄉的四月，天氣特別舒適，空氣裡有

—— 我身體不舒服……

—— 開門。

一種雪消融以後的香味。我回到班裡，發現原來那些同學有調去後段班的，有休學的，有戀愛的，有分手的，恍然間產生了一種物是人非的感覺。

我看到了她，還是老樣子，臉白白的（現在想來可能是因為營養不好），馬尾辮扎得老高。我托人送了一袋零食給她，她分給了周圍的人，還委託這個朋友轉告我，以後不要再去打擾她。我當時很生氣，我承認自己脾氣不太好，對她已經很有耐心了，但她把全世界人對她的惡意，全算在我頭上，這公平嗎？

大學考完第二天，學校為我們舉辦畢業典禮暨成人禮，這也是我們樂隊的最後一次校園演出。鍵盤和鼓手退出了，只好請低年級的學弟來湊。作為主音吉他手，我堅持要唱一首歌，還是流行歌曲，他們笑罵我是「搖滾的叛徒」。我唱了一首林志穎的《心雲》，這是一首很老的歌，歌詞甚得我心。

唱之前我拿著麥克風說：「這首歌送給我一位特別重要的朋友，希望她畢業以後一切順利！」禮堂裡人山人海，我爸媽瘋狂為我應援打氣，只是我看不見她在哪。一是緊張，二是我後來才知道，那天她穿了一條黑色的裙子，淹沒在人海裡了。

畢業後，我們再也沒見過對方，也算是我這段「狗血」的青春歲月告一段落了吧。以前盛行玩QQ的時候，我偶爾還能看見她QQ空間裡發布的心情和照片。

前不久，聽說她在家鄉某事業單位已經升到了正科級，去年被推薦到某省級單位掛職。哈哈，萬萬沒想到她會選擇從政。

雲淡風輕，你很好，我也很好，這樣就很好。

—— 我身體不舒服……

—— 開門。

一個擁抱

我喜歡她這件事，輪廓清晰，包膜完整，回聲均勻。像把一個巨大的東西藏在了心裡，同時又有一種無比清涼的感覺。

頭一天晚上，我夢到自己被喜歡的女生擁抱，第二天我把這件事講給她聽，她真的抱了我一下。

這是我整個高中最美好的一個瞬間。

很奇怪，在男孩子荷爾蒙那麼旺盛的高中時期，我做過無數個春夢，甚至到了醒來要換內褲的程度，但唯獨這個只有簡單擁抱的夢讓我印象深刻，難以忘懷。

她是一個非常漂亮的女生，或者說，是我見過的所有單眼皮女生中最漂亮的一個。

很多人對她的印象是初看很驚豔，後來就覺得只是普通美女了。我則恰恰相反，第一次見到她的時候我甚至有些厭惡她的那張臉，沒來由的厭惡，後來卻越看越喜歡。一段情愫以這樣的方式展開，往往是最要命的。

事情的整個過程是這樣的：

我：「我昨晚夢到你了。」

她：「夢到我什麼了？」

我：「我夢到我們擁抱在一起。」

我當時是那種特別耿直的人，俗稱老實人，所以這並不是什麼蓄謀已久的「撩妹」手法，只是因為那個夢給我的感覺太特別了，我才會忍不住告訴她。而且我完全沒有意識到這句話裡的挑逗意味，只覺得自己是在實話實說。

我說完這句話之後她笑了，然後對我說：「你過來。」

我湊過去，還以為她要對我說什麼悄悄話，結果她攬過我的脖子，把頭靠在我的肩膀上輕輕抱住了我。我們鎖骨貼著鎖骨，鎖骨以下並沒有挨著，就這樣持續了三秒。

我的心跳了四下。

其實夢裡抱得更緊，但我已經知足了。

她是那種「很自由」的女生。當時她已經有一個男朋友，是高三年級的，印象中體格很壯，甚至一拳就可以把我打飛，同時，她似乎還和其他幾個男生保持著曖昧關係。

但這些都沒能阻止我無可救藥地喜歡上她。我有多喜歡她，只有我自己知道。她讓我

—— 我身體不舒服……

—— 開門。

明白了，一個人深深喜歡上另一個人，這樣的狀態確實是存在的。

我是一個處事邊界很模糊的人，對我來說，可以明確的事物沒有幾件。但是我喜歡她這件事，輪廓清晰，包膜完整，回聲均勻，像把一個巨大的東西藏在了心裡，同時又有一種無比清涼的感覺。

有段時間她的座位在我前面，上課的時候她總是把手伸過來，幾下撥亂我堆在桌子上的書。雖然我並不生氣（因為她長得好看），但是總這樣下去也不是辦法，我剛把書排整齊她又幾下撥亂。後來我想了個辦法，一看到她的手伸過來作案，我就一下將她的手握住，她越是想把手抽回去，我就握得越緊。我告訴自己不能放虎歸山，否則她又會捲土重來。她掙扎了幾下沒能掙脫，便任由我握著了。握了好一會，我感覺她應該已經嘗到教訓，就放開她了。誰知道她不知悔改，沒過幾分鐘又把手伸過來撥亂我的書。我只好「故技重施」，再次握住她的手，如此反覆，她明知道我會握住她，還是一次次把手伸過來，我甚至懷疑她後來伸手的目的已經不再是撥亂我的書，而是想讓我握住她的手。顯然，我也十分熱中於這件事。她的手很軟，溫溫的，我不想放開。

有一次我下課去校外買東西，她跑過來問能否一起去，我說可以，我們就走在一起了。她把手背到身後，緊貼著我走，我發現沒有話聊，感覺有些尷尬。然後她說：「你看大家都在看著我們倆呢，因為你長得帥。和你走在一起感覺好榮幸啊。」我知道她是在逗我，大家都看我們倆的原因明明是她長得好看，她在學校可是出了名的漂亮。

冬天早上要讀課文，我穿了一件棉T（就是腹部有個兜可以從左邊通到右邊的那種棉T），她會把手放進我的兜裡取暖。我不敢亂動，因為那個位置離某個部位挺近的……

還有一次週末放學的時候，她故意衝著我的方向一直喊著：「好想有人請我吃飯啊，有沒有人請我吃飯。」我說我請你吃飯吧，她說好啊，謝謝你。結果後來吃飯的時候，她又叫了班上的另一個女同學，於是那頓飯就變成了一場三人局。吃完飯後，我們一起去這位女同學住的租屋裡聊天，聊到很晚。她平時住校，我要送她回宿舍，她執意不肯，我只好作罷，告訴她：「我們各自回家吧。」

我一直覺得這件事很奇怪，但又說不上來哪裡怪。

大學考試之後我們通過一次電話，互相詢問了成績，還聊了一些瑣事，之後就再無聯繫。

我曾經那麼喜歡她，但是沒有她，日子彷彿也照常過去了。

—— 人生有哪兩齣悲劇？

—— 一齣是萬念俱灰，另一齣是躊躇滿志。

黑車

當時那個戴著墨鏡的大叔問我要不要坐車的時候，我毫不猶豫地答應了。

這件事不是聽說，是親身經歷。如果沒有得救，我可能會被拐賣，甚至被侵犯。

事情發生在我大一放寒假回家的時候，那時我十八歲。

在這之前，我的人生順風順水，哪知什麼世事險惡、人心難測，行囊一揹，吊兒郎當地就跑去異鄉上大學，沒有一點安全意識。

我家在一個小鎮上，火車只能坐到鄰縣，然後再轉大巴。

這天下了火車是下午兩點，我去對面汽車站買票，結果人多，沒票了，要等到下午四點二十才有下一趟車。從這個縣到我們縣要兩個小時，之後我還要再轉車到鎮上。去鎮上的車少，下午五點半以後就沒了，如此一來我可能就無法到家了。

所以，當時那個戴著墨鏡的大叔問我要不要坐車的時候，我毫不猶豫地答應了。

那是一輛白色的麵包車，算上司機能坐八個人，我坐在中間一排座位上。

—— 人生有哪兩齣悲劇？
—— 一齣是萬念俱灰，另一齣是躊躇滿志。

大叔說他也要順路去我們縣，車費跟大巴一樣就行，還說什麼學生都不容易，一番話下來我覺得親近了不少。

我是在車開了半小時後才開始覺得不對勁。

行至中途，車裡又上來了四個人。一個坐在副駕駛位，一個坐在我旁邊，恰好擋住了車門，還有兩個坐在後排座位上。

他們之間沒有任何交流。我第一次心裡感到害怕。

這時我不敢往太壞的方向想，還在自我安慰，一遍遍告訴自己不會有事的。為了證明一切正常，還旁若無人地繼續與大叔說話，大叔也一直回應著我。我心裡稍稍踏實了一點，努力忽略旁邊的人，閉著眼睛聽歌，甚至開始有點睡意。

矇矇矓矓中，我似乎聽到他們在說話。我腦子一驚，猛然意識到一個一直被我忽略的問題——這位大叔一直在用普通話和我交流，而且還是帶著南方口音的普通話。而鄰縣的本地人，由於方言跟我們差不多的緣故，與我們說話都用方言。

想到這我的頭彷彿要炸開了。頭皮一扯一扯地疼，好像頭髮全都要掉光，心也開始狂亂地跳。

我恐懼到了極致，似乎已經看到自己的死狀。腦子裡不切實際地開始想怎麼死才不痛苦。但是我還是保持著原先的動作，閉著眼睛，一動不動。

我的大腦幾乎凍住了，唯一的想法就是，不能讓他們知道我已經發現了不對勁。所以我睜開眼睛，若無其事地找話題和大叔聊天。他還是正常地回答我的問題，沒有一點異樣。

我是易暈車的體質，但這個時候竟然被嚇得一點都不暈車，想吐都吐不出來。

就在此時，一棟路邊突然出現的建築成了我的轉機。這是一棟很大的建築，好像有好幾層樓，一樓是廁所。

坐在我旁邊的男人去上廁所了，我對大叔說我也想去，大叔猶豫了。我的心怦怦直跳，甚至感受到了自己嗓音的顫抖。

我將顫抖聲強硬地壓了下去，自顧自地把身上的包包手機都扔在座位上，很輕鬆地說：「大叔稍微等等，我很快的，馬上就出來。」

可能是看到我的手機和錢包，他們放下了戒心，讓我下了車。

其實當時我已經腿軟得不行，卻還故作輕鬆，蹦蹦跳跳地走，還哼著歌。

第一個去廁所的男人出來了，看到我過來，便跟在我身後。

我沒管，這個時候我只能繼續裝下去。雖然我也不知道自己從車上下來後還能幹嘛，但是「先逃離那輛車」是我的本能意識。

進了這棟建築的一樓，我環顧了一圈，一個人都沒有，我覺得自己完了，我要死

—— 人生有哪兩齣悲劇？

—— 一齣是萬念俱灰，另一齣是躊躇滿志。

了。

身後那個人還在看著我，我拐進了女廁。

我從來沒有這樣感謝過清潔阿姨。

她一手提著裝廁紙的大塑膠袋，一手拿著夾子。一看到她，我「撲通」一聲就跪下了。

阿姨大驚失色，剛想說什麼，我捂住了她的嘴。

「外面還有人。」

我哆哆嗦嗦說不出話，嘴巴不聽使喚，壓著聲音向她傳達我的困境。

阿姨說了句方言，讓我等等，然後拎著大袋子走了出去。

我癱在地上，地上剛被拖過，還是濕的，有點潮。然而當時我的反應也只是，哦，地是濕的。我已經呆住了。

等了多長時間我已經沒有任何概念，忽然，門外開始有人催，我跑到隔間鎖死門，想著從天窗翻出去逃走的可能性。

我還在想，在廁所裡怎麼自殺才不會太痛。

門外傳來很大的聲音，當阿姨在廁所外頭叫我出來的時候，我才打開門。

頭還在暈著，彷彿置身夢中。

外面是一大群戴著施工帽子的男人，是在附近路段修路的工人。

他們熱心地通知了我的父母來接我，這個時候我才知道，這輛車走的一直是與我們縣完全相反方向的路。

我傻了，連句「謝謝」都說不出來，以至於他們在我耳邊說了些什麼我都聽不到，記憶中我好像就一直坐在廁所門口等父母。那時候有太陽，暖暖的。

等我父母來的時候天色已經黑了。看到他們，我才大哭了出來。

我至今都不敢再坐黑車了。

—— 人生有哪兩齣悲劇？
—— 一齣是萬念俱灰，另一齣是躊躇滿志。

「作弊」

如果那時我腦子裡有「教育制度」這麼大的概念的話，也許在她推我的那一瞬間，我會深深地失望吧。

還記得我小學二年級下學期的那次期末考試考的是語文，試卷中有道題我不會做，於是就空著了。

我的班導師（數學老師）巡視考場的時候，專程過來仔細看了看我的試卷。我很是緊張，趕緊把手臂蜷在卷子上想捂住，只聽她笑著說：「你這孩子，我就看看，你緊張什麼。」說著便把我的手臂拉開，又看了看卷面，然後一聲不吭地走了。

快到交卷的時候，她回來了，在教室裡走了一圈後遛達到了我的位置上，竟然躬身站在我身後，悄悄地將那道填空題的答案告訴了我。整個過程被監考老師發現了。監考老師嚴厲地喝止她，她非常自然地笑著說：「只是看看而已。」隨即走出了教室。

直到現在，我還清晰地記得當時的自己有多麼震驚和難以置信。我一向尊敬的班導師居然會在考場上公然洩露答案給自己的學生！原來她剛剛走出去是幫我看答案去了，還真是「一番苦心」。

當然，交卷的時候我的那填空題還是空著的。雖然班導師告訴我答案的時候監考老師已經在收卷了，但在幾秒內把答案填上去絕對綽綽有餘，我只是從心底裡覺得這件事不對而沒有把答案寫上去。

但這件事還沒結束。當我交了卷子和同學一起走出考場時，班導師從後面叫住了我，她問我：「你把答案寫上去了嗎？」

我當時太誠實了，完全沒料到後果，乖乖答道：「沒有。」

出乎我意料的是，她居然大發雷霆：「你這孩子！那道大題有十五分！」然後又開始罵罵咧咧。她當時正走在我身後，還狠狠地推了我一把。我往前一個趔趄，差點摔倒，旁邊的同學趕緊一臉惶恐地拉了我一把，整個過程中，班導師還在不停地數落我。

我當時又驚又怕，眼淚一直在眼眶裡打轉，但我使勁忍著不讓它掉下來。隨後拉起同學，頭也不回快步轉過走廊下樓回了家。

如果當時我腦子裡有「教育制度」這麼大的概念的話，也許在她推我的那一瞬間，我會深深地失望吧。

可當時小小的我只覺得滿腹委屈。

——人生有哪兩齣悲劇？
——一齣是萬念俱灰，另一齣是躊躇滿志。

回到家我向爸媽說了這件事，我爸評判道：「你做得對。」

再加上那次語文考試考得很爛，我媽也因此下定決心把我轉到同城的另一所小學。當時我插的那個班的班導師剛剛被調走，後補位的班導師是個年輕老師，姓李。學生家長們擔心年輕老師教學水平不夠，集體跑到校長辦公室「掀桌」，聯名要求換老師。

校長力排眾議，讓李老師留了下來，即使家長們要求換老師的聲音一直沒有停過。直到那個學期期末考，我們班的成績排到了年級第一，而且從那以後一直是第一，家長們才不吭聲了。

後來我升入五年級的時候，李老師由於工作成績優秀面臨調動，家長們又急了，又一次集體跑到校長辦公室「掀桌」，不讓李老師走。於是李老師就留了下來，一直教我們到畢業。

這位李老師，特別喜歡在每天下午第二節課時講故事、講道理給我們聽，而那麼多「道理」中我唯一記住的就是這樣一句話：所謂人才，要先成人，才能成才，有才無德，再有才也沒用。無才不丟人，無德才是錯。

每當我考得不好的時候，我就這麼安慰自己：「至少我是個好人。」（原來我已經給自己發了這麼多年的「好人卡」。）

我的高中班導師是物理老師，也姓李。這位李老師非常有個性，特立獨行，藐視權威，甚至有些桀驁不馴。

他會在晚自習的時候把全班同學趕去操場跑步，一邊趕一邊說：「身體最可貴，其他都無所謂。」

他會在班會時為我們朗讀心理學的有關書籍，告訴我們，考不好要學會用「酸葡萄」心理調整自己，世界屬於厚臉皮。

他會在班裡同學痛罵教育制度的時候面無表情地說：「真正的高手，往往懂得先適應規則，駕馭規則，而後方可改變規則。你現在只能乖乖備戰考大學，有力氣憤怒還不如多做兩道題，有本事以後把這制度親手改掉。」

小學二年級時那位班導師的行為，並沒有影響我對正義、公平的敬畏之心，以及對是非的判斷能力，因為真正讓我懂得這些的，是我的父母。

更值得慶幸的是，後來我遇到的班導師老師和其他任課老師，都是值得敬重的好老師。那些黑暗的地方，他們比我看得更多，於是他們鼓勵我，要努力成為能夠改變現狀的人；他們教會我，要在一時無法照亮前路的時候，在心裡保留一顆不滅的火種。

—— 人生有哪兩齣悲劇？
—— 一齣是萬念俱灰，另一齣是躊躇滿志。

有風度的人

「時至今日，再想起他，我的心裡都是暖的。」

我大學寒假的時候曾經在一家高檔餐廳做服務生。

某一天我正在為客人上菜，客人是一桌西裝革履的男性，從他們的對話中可以聽出應該是本地市政府的官員。最後上的一道菜是一人一碗的主食拉麵，碗很燙，並不好端。

突然，我在為其中一名中年男子端麵的時候把湯灑了出來，有一大半都灑在了他搭在座椅靠背的衣服上。我暗暗覺得自己好蠢，哪有在客人頭上端菜的道理！我甚至感覺到有一些湯濺到了他的脖子後面。

當時一桌人都驚呆了，而我真的嚇壞了，彼時的我剛從農村出來考上大學，第一次打工兼職便遇到這種情況，真的害怕極了。

意外的是，這位客人瞬間的反應是站起來問我：「你有沒有燙到手？」我低頭一看，我的手已經被燙紅了。

他馬上說：「快去用涼水沖一下，快。」

當時我一點都顧不上手痛，因為我知道，他的這件衣服我必然是賠不起的，所以我只能低著頭一直說，對不起對不起，您的衣服……

他卻馬上說，破衣服而已有什麼好心疼的，洗一洗就行了。燙到了人，那才要緊，快去沖沖手。

然後他坐了下來，拿起一張紙巾擦了擦脖子後面，繼續和其他人交談。這一切發生得太快，以至於他們的話題都還能馬上繼續，其他人也迅速恢復了平靜開始聊天，我心裡充滿了愧疚，但我知道，他絕不會將剛剛發生的事告訴我的經理。

時至今日，再想起他，我的心裡都是暖的。

後來我工作了，戀愛了，男朋友是金融從業者，他也常年西裝革履。

有一天我和男朋友去吃火鍋，那天下著雨，生意火爆，翻枱率極高。但不知道是什麼原因，那家火鍋店的二樓只安排了一個服務生，還是一個小女生。她非常忙，因為不停有人喊「服務生來點菜」，「服務生拿盒紙巾」，「服務生倒點水」，她明顯忙不過來，一路小跑還帶著一頭汗。

這時，又有人喊服務生加湯，那客人已經明顯不耐煩，態度非常差。剛好此時我們

—— 人生有哪兩齣悲劇？
—— 一齣是萬念俱灰，另一齣是躊躇滿志。

也要加湯，我的男朋友就自己拎起了服務台的湯壺倒了起來。

倒完之後，我男朋友對剛才那位客人說：「剛才是誰說要加湯來著，我來！」說罷，拎著湯壺幫那一桌也加了湯。

過了一會，那個服務生在為我男朋友上蘸汁時，突然手一滑灑出來好多，什麼香油辣椒蒜泥汁呀，恰巧灑在我男朋友白襯衣的袖口上。

服務生嚇了一跳，趕緊一邊道歉，一邊手忙腳亂地拿紙巾，這時，我男朋友回應說：「沒事沒事，衣服弄髒洗乾淨就是了，我老婆會幫我洗的，你快去忙吧，不用管我。」然後咧著嘴衝我笑著說，「老婆，對不對？」

後來，在我男朋友的引導下，整個火鍋店二樓變成了「自助火鍋」，大家加湯自己加，開火自己開，也沒人再催服務生了。

於我而言，我很高興自己遇到了真正有風度的人，並且不只一位。我衷心希望每個人的心裡都能多一些善念和寬容，使自己和身邊的人都能更快樂一點。

同住一間房

過了很久，他發動了汽車，對我說了一句：「當年我該把你『就地正法』的，也許那樣你現在會幸福得多。」

大二的時候，我的一個男同學去某個古鎮旅遊剛好路過我家，便邀我一起到古鎮遊玩。我們關係不錯，那時候還沒微信，我們經常在QQ上聊天，還曾去他家裡玩過（和別的同學一起）。但要說曖昧關係，我們之間好像並沒有，因為我們有很多共同的朋友，大家在一起玩也是常事。

到了古鎮，我們開了一個標準房間，兩張床。至於是為了省錢還是客棧裡沒有更多空房，誰也記不清了。由於此行舟車勞頓，到了房間，我們就一人一張床地睡起了午覺，這期間彼此相安無事，兩個人一直睡到天黑才醒。由於醒得太晚，我們住的客棧已經沒吃的了，於是便一起到外面去覓食。

古鎮畢竟是個不小的風景區，到了晚上還是很熱鬧的。我們找了個地方，吃了點

—— 人生有哪兩齣悲劇？

—— 一齣是萬念俱灰，另一齣是躊躇滿志。

當地的特色菜。老闆問我們要不要啤酒，他說不要了，又轉過頭笑著對我說，萬一喝醉酒，犯了錯誤就不好了。

吃過飯，玩了一會，我們便打算回客棧了。客棧並不在市區，我們越走越偏僻，路上也沒有什麼燈，走著走著，我心裡不禁有些發慌。

他原本走在我後面，突然伸手拉了我一把，把我拉到他身邊，然後抓住我的手腕說：「害怕就走慢一點。」他始終沒有牽我的手，就這樣抓著我的手腕走回了客棧。

客棧老闆看到我們，還在門口叫了我們一聲，說怎麼回來得這麼晚。背對著老闆，他笑著對我說，老闆肯定把我們當成情侶了。

回到房間，我們各自洗澡，然後一起看電視。這家客棧條件比較簡陋，浴室離床挺遠的，洗澡時倒也不覺得尷尬，但電視的擺放位置就比較奇葩了——電視放在我睡的床的右邊，而他的床在我的床左邊。也就是說，他在自己的床上看不到電視。於是，他就順理成章地爬到了我的床上和我一起看。有了吃飯時發生的事情，其實我心裡多少有點躁動，總在猜測他是不是對我有意思。我捫心自問，感覺自己其實也挺喜歡他的。

老娘都「空窗」一年多了，好想談戀愛啊！

然而他只規規矩矩地坐在我的身旁看電視，同時有一搭沒一搭地和我聊天，我就一直靠在床頭玩手機。

但其實標準房嘛，床也不會太大，我離他還是蠻近的。慢慢地，我感覺到他伸手摟住了我一起看電視，我也就順水推舟地斜躺在他懷裡，心裡在想晚上該怎麼睡呢，他要是真的不從我床上下去了，我是該默許呢，還是該假裝生氣呢？

事實證明是我想太多了。當時電視裡正在播放一部電影，看完電影他就很自然地回到自己床上，關燈睡覺了。

我不知道自己是該高興還是尷尬，也只好睡下了。那一晚我還睡得挺熟。

第二天我先醒來，他還沒醒，我覺得有點無聊，想把他叫起來，就走到他的床頭，但一時不知道該伸手推他還是該開口叫他。就在我愣住那幾秒，他突然睜開眼睛，警惕地看著我問：「你幹嘛？」

我哭笑不得，回了他一句：「你緊張什麼，我又不會對你怎麼樣。」然後就自討沒趣地回自己床上了。

他躺在床上望著天花板說，昨天空調一直在滴水，把他的床都滴濕了。就在我還沒反應過來他想表達什麼的一瞬，他突然起身爬到了我的床上，將頭埋在枕頭裡咕噥著：「好睏，再睡一下。」

我躺在他旁邊，心怦怦直跳，乾脆閉上眼裝睡。

隨後，我感覺到有一隻手伸了過來，把我攬在懷裡，一個吻輕輕地落在了我的唇上。

接下來的一系列動作毫無疑問就是親親、抱抱、摸摸。我把自己裹得比較嚴實，不僅從家裡帶了一套睡衣來，還是比較保守的那種睡衣，睡覺也沒脫內衣。他幾次想摸我的上身，我都抓著他的手不讓「越界」。好不容易有一次「突襲」成功了，他卻在碰到以後停下手來，說：「不行，我們不能這樣。」

我沒說什麼，把頭放在他的胸口，不知不覺就睡著了。不知道過了多久，我睡醒了，抬頭發現他正在低著頭看著我。

我笑著對他說：「做了個夢，夢到了打樁機的聲音。」

他說：「那是我的心跳。」

他抱著我，過了很久很久，說：「你以後要小心一點，要懂得保護自己。有的男生嘴上說喜歡你，但是不一定真的想對你好。這樣的事我見過太多了，男生往往追到手就不珍惜了。」

最後，他也並沒有跟我表白，而那天的事情，也僅僅止於此。

快到退房的時候，他說了一句：「你猜ＸＸ會怎麼想？」

ＸＸ是我的前男友，也是他的好朋友。儘管我們已經分手一年多了，但他們大學是同一個科系，平日裡抬頭不見低頭見。

現在回想起來，自己當時還是年紀太小，顧慮太多。

我們離開古鎮回到我家所在的城市，我送他去坐車。驗票的時候，他站在我面前對我說：「如果你想和我談戀愛，你就告訴我，我可以悄悄地跟你在一起，不告訴ＸＸ。」

他比我高一個頭，我站在他面前，抬頭看著他，笑著揮了揮手，說：「再見。」

最終我也沒有告訴他，我想和你談戀愛。

從那之後，這件事彷彿就翻篇了。我們的友誼似乎也不再繼續，慢慢地連聊天的次數都減少了。

這件事成了我人生中一個很大的遺憾，為那時候不夠勇敢的他而遺憾，也為同樣不夠勇敢的我而遺憾。

很多年後，我們畢業了，各自也有了新的戀情。有一天我和男朋友在路上吵架，正好在他家附近的位置。他從其他朋友那裡得知後，開車出來找我。我們坐在車裡，沉默不語。過了很久，他發動了汽車，對我說了一句：「當年我該把你『就地正法』的，也許那樣你現在會幸福得多。」

這是我們最後一次見面——原來對此遺憾的不止我一個人。

如今我只想說，如果你真心喜歡一個男孩子，就睡了他吧，因為彼時彼刻你可能還不明白，你正在錯過的到底是什麼。

感謝當年不嫁之恩

我這些年最大的願望，就是希望可以穿越到過去，把大學時答應她追求的那個蠢小子打個半死。

我本人是「第二代北京人」。在二〇一五年碩士畢業，準備與相處六年的初戀女友談論婚嫁的時候，對方向我提出了如下條件：一輛五十萬元以上的車，在北京三環內買房並添上她的名字，且只接受我方付全款（除此之外，鑽戒、蜜月旅行等等要求太繁雜瑣碎暫且不論）。針對這些條件，女友給出的理由是，她從千里之外嫁給我，從此就是我的人了，不能陪伴在父母身邊盡孝，所以她的未來需要一些切實的保障。

也不怕大家笑話，當年的我是真的相信「有情人飲水也會飽，感情至上，純粹的愛情高於物質」這種蠢話。所以女友針對婚姻的現實態度和表現，雖然讓我很受傷，但我也確實打算滿足她的所有條件，並希望未來用婚姻的幸福給她帶來一些觸動，慢慢影響她的價值觀。

然而，我在父母面前遇到的阻力大大超出了預想。其實現在我也能理解他們的想法。若把我放在父母的位置上，面對一個要求提供房產，在房產證上加上女方名字，卻連共同還貸款都不願意的准兒媳，我也沒辦法放心。當時的我也是一頭熱，身為一個從小到大沒和父母頂嘴吵架的兒子，此刻卻為了「掏父母的錢包」與他們鬧翻了臉，最後甚至要離家出走，還揚言準備出國工作再也不回來了。無奈之下，父母給了我一個底線——不要求一分錢陪嫁，結婚所有花費男方全包，禮金歸小夫妻；男方以女方名義買車；男方在三環內買一套較大戶型三居室，由男方父母承擔頭期款，房產證添上女方名字；裝修和家具由雙方父母出錢，剩下的房貸由小夫妻自己還。

我把辛辛苦苦爭取來的條件告知女友，女友冷冰冰地說：「我提出的要求你們家難道滿足不了嗎？如果是你們家的條件負擔不起，那我就不說了，但現在是你根本就不重視我，你父母越是不看好我們，我就越沒安全感，你自己看著辦吧！」

沒錯，你提出的條件我家裡並非承擔不起，但那些錢是我父母的血汗錢，並不是我的。我對你那麼好，掏心掏肺，這些事是由我說了算的嗎？我那麼努力地為你爭取過，甚至昧著良心把父子關係都賭上了，我承受了多少壓力你明明已經看在眼裡，可是你體諒過嗎？

心澈底涼了之後，我也開始反思自己，也許正是因為我太在乎這份感情，一直對她

—— 人生有哪兩齣悲劇？
—— 一齣是萬念俱灰，另一齣是躊躇滿志。

無微不至，不斷地降低自己的自尊與底線，才讓她成了如今的樣子。我曾經一直在感情裡太卑微，如今也冷靜了下來。

自此，我們之間的衝突澈底激化，在一次次爭吵之後，她賭氣選擇了出國交流。即使如此，在她出國期間我們還一直保持著聯繫，直到有一天，她的朋友發了一張視訊聊天截圖給我，裡面的蛛絲馬跡表明，她交了一個外國男友。

面對我的質問，她矢口否認，說對方只是自己的一個普通朋友。我問她，普通朋友同居在一起，是為了方便複習功課嗎？她久久沒了消息。我終於將她封鎖、刪除，澈底死了心……

用「渾渾噩噩」這四個字來形容我剛分手時的狀態再貼切不過。任何東西我吃了兩口就想吐出來，白天腦袋一直昏昏沉沉，晚上卻根本睡不著。我們相戀六年，為了尊重她，我甚至始終沒有越過雷池一步，但如今她才出國兩個月，就上了外國男人的床……

又過了半年，當我終於從低迷的狀態走出來時，她回國並找到了我，向我表示希望與我重新開始。在被我一次次地拒絕後，她又反過來罵我「直男癌」、不成熟。我告訴她，謝謝你說我「直男癌」，但是關於成熟這件事，我覺得我現在比你爸做得更好。

在那之後又過了兩年，我偶然間聽說她現在為自己訂下了每個月的相親指標，擇偶條件是付得起五環內房子的頭期款且保證人品好，婚後不會亂搞……

至於我，再也聽不進去「一個人多一些經歷，是為了令人生體驗更加豐富多彩」之類的「哲理」言論了。面對形形色色陌生女性的明示暗示，我也完全失去了再試一次的勇氣，大概這輩子再也不會相信任何感情了吧。

而我這些年最大的願望，就是希望可以穿越到過去，把大學時答應她追求的那個蠢小子打個半死。

—— 人生有哪兩齣悲劇？
—— 一齣是萬念俱灰，另一齣是躊躇滿志。

「重男輕女」

房子的事終於塵埃落定，姐姐和姐夫抱著我哭了半天。
他們哭什麼？我百思不得其解。

我和我姐相差五歲。由於家裡的條件還算不錯，所以我們都順利讀完了大學。畢業後我沒考研究所，姐姐則被保送了。

我和姐姐關係很好，說實話，在兒女雙全的家庭裡，我們家鄉這一帶「重男輕女」的現象相對來講並不多見。但是很遺憾，在我的家庭裡，我成了那個受到父母偏心的男孩，更可怕的是，我的姐姐好像也默默接受了這件事。

老姐從小就疼我這個弟弟，她自己也是個好脾氣，從小一有什麼好吃的、好玩的，全家人都依著我的喜好來。我一撒嬌，姐姐有什麼玩具都可以給我。

後來有一次，我在家洗澡洗得快了些，偶然間聽到父母和姐姐的對話，是關於未來我家房子歸屬的話題。

父母：「房子一定是要留給你弟弟的，等你結婚時，我們可以幫你置辦嫁妝。」

老姐：「我們家有兩間房子，為何不能給我一間呢？」

當時，姐姐和姐夫已經到了談婚論嫁的地步，姐夫有才能，但是家境普通，急於找到一間房子結婚用。

後來我偷偷找到父母，對他們說：「把咱們家的房子給姐姐一間吧，不然他們結了婚之後住在哪？」

父母卻說：「你不懂，房產自古以來就是男孩繼承的。」

我：「可如今是現代社會啊，難道姐姐結了婚還要租房住嗎，她那裡是上海啊，這麼貴的房租，還不如把家裡這套房子賣了，幫她付個頭期款。」

父母拒絕了。

老姐對此也沒有說什麼，她是個自強自立的人，有事很少找別人幫忙。

後來，我發現姐姐和父母說話開始變得面無表情，以前她回來總是笑呵呵地說：「爸、媽，我回來了。」現在回來後有些沉默寡言。但是對我這個弟弟，她依然是萬般寵愛。

老姐的工作是精算師，姐夫是算法工程師，夫妻倆的「吸金」能力毋庸置疑。

後來老姐懷孕了，正趕上他們自己在上海買的房子要裝修，兩個人忙得焦頭爛額。

——人生有哪兩齣悲劇？
——一齣是萬念俱灰，另一齣是躊躇滿志。

而更大的問題是，雖然他們薪水都高，但是積攢了幾年的收入全都付了頭期款，沒有多餘的錢去裝修房子。

所有能借錢的管道他們都借過了，連同多年的積蓄全都貢獻給了頭期款。走到這一步，姐姐和姐夫都快急哭了。

後來有一次我去了姐姐家，看她眼睛紅紅的，以為是姐夫欺負她了，差點上去揍姐夫。後來姐夫向我解釋說，家裡僅剩的錢全都花光了，目前還差裝修的錢。姐姐不想讓兒子一出生就住在出租房裡，想到這裡都急哭了，而且哭了不止一次。

我去找老姐談話：「姐，沒錢裝修你為什麼不找我？」

姐：「你自己賺的錢你自己花，姐不要。」

我：「姐，我是不是你的家人？」

姐：「那是肯定的啊，你是我親弟啊。」

我：「那這張卡你收著，拿去給我小外甥花，你和姐夫趕緊住到我家去，我去你家住，到時候裝修的事情我來搞定。」

姐姐、姐夫：「老弟，裝修的事太麻煩，你現在還這麼忙，到時候會累壞的，別攪和，我們自己能搞定。」

我分別指了指老姐和姐夫：「你，還有你，給我收拾東西，滾去我家，快一點，別拖拉。」

姐姐和姐夫拗不過我，收拾東西走人了。

說實話，我從來不明白我姐姐、姐夫兩個這麼高收入的人，怎麼能忍受得了這麼差的居住環境——類似「城中村」，洗手間都是積水，整個房間像小賓館單人房一樣，只能放下一張床，基本上沒有空間放別的東西。我都不知道我姐姐、姐夫如果晚上要工作的話，可以坐在哪裡？

我費了九牛二虎之力，把姐姐租的房子裡裡外外收拾了一遍，累得差點瘋掉。

在接下來的幾個月，我一有時間就和姐夫一起去弄裝修的事情。姐夫經常加班，所有事情都是我在經手。他們對裝修沒有什麼特別的要求，都是按照我的要求進行。

有一次姐夫對我說：「老弟，你租的那間房子真是太棒了，最近幾週週末你老姐天天睡到中午，實在是太舒服了！」

我……謝謝咯，你們舒服了，我不舒服啊。哼！

姐姐的房子裝修好後，需要通風幾個月才能搬進去住。房子的事終於塵埃落定了，姐姐和姐夫抱著我哭了半天。

他們哭什麼？我百思不得其解。

後來外甥出生了，姐姐和姐夫教他說的第一句話就是「舅舅」。

—— 人生有哪兩齣悲劇？
—— 一齣是萬念俱灰，另一齣是躊躇滿志。

我依然記得那天下午彷彿在嘲笑的陽光

只見他大聲疾呼：「同學們要有夢想！我要從你們這裡挑出幾位同學來大聲宣誓，喊出你們的理想！」

那年，學校召開所謂的「大學考試百日誓師大會」，成百上千的學生亂糟糟地擠在有點悶熱、不算寬敞、一旦有人大聲說話就會引起回音的體育館。

家長們則被安排在上方的觀眾席。所謂「觀眾席」，很像那種年久失修、經營不善的寒酸動物園裡面的動物表演館提供給臨時觀眾的座位。不過家長們坐在上面，正好可以俯瞰坐在下面的我們，從功能而言也算是成功。

高中體育館的觀眾席除了「百日誓師大會」能用到，平日裡根本毫無用處，座位上還布滿了均勻而細密的灰。

學生們拿著從教室裡搬來的木椅坐在羽毛球場地上（偶爾也作室內籃球場），在班導師的指揮下排成井然有序的方陣，靜候校長和那位學校出面專門請來的勵志演講家。

在等待期間，班導師扯著嗓子對我們喊道：「現在你們的家長已經坐在觀眾席上，趕緊拿出小冊子背書，不要讓家長失望。」

說句實話，我當時只覺得渾身不自在，感覺上面有幾百雙眼睛像探照燈一樣掃來掃去，一旦發現某個沒在背書的學生，便集中照過來。一想到如此情景，我的身體立刻僵住了。不過轉念一想，大部分父母們都在注視著那些「家喻戶曉」的優等生吧，然後忙著向鄰座家長表達謙虛、互相恭維，也沒多少閒暇關注我們。

終於等到校長講完話，演講家登場了。這種「演講」我們事先也有一定瞭解，顯然並非我喜歡的那種民國半文半白式的文風。這位演講家主打的是「演」，而不是「講」，這個放後面談。

對於他的演講，我其實原本是不排斥的，這樣我至少能有個正當理由不用去看那本早已被翻爛的英語小冊子，而且能打發掉這種無聊大會的時間。這樣一來，校長開心，家長放心，我也舒心，演講家還能拿到錢，總算是個圓滿結局。

可是進行到中途時，演講家停止了「講」，突然開始「演」了。

只見他大聲疾呼：「同學們要有夢想！我要從你們這裡挑出幾位同學來大聲宣誓，喊出你們的理想！」

此時場上已經瀰漫著一股熱血氣息，不得不承認他的講話還挺有煽動性，看到我媽

—— 人生有哪兩齣悲劇？
—— 一齣是萬念俱灰，另一齣是躊躇滿志。

被煽動得熱淚盈眶，我心裡暗覺不妙。

終於，如同光最初誕生於世界一般，人群中站出了一名「熱血男兒」和一名「激情女生」。

演講家開始詢問這位熱血男兒理想的學校，他朗聲答道：「北大！」

「好！」演講家燃起激情，「那就請你繞著體育館跑兩圈，邊跑邊喊出你的理想！雖然不一定能實現，但是如果連這個目標都沒有，你就注定會失敗！」

於是，「熱血男兒」真的跑了兩圈，邊跑邊喊，聲嘶力竭。

隨後，「激情女生」登場，她剛走上台就開始哭，聳動著肩膀哭訴自己如此努力卻得不到回報的狀況。

顯然沒人感興趣。

「好！」演講家聽完後又振奮了，「請你從體育館這一頭爬到盡頭，帶上你克服困難的決心。還有，要大聲喊出你的目標！」

誰知那個女生真的爬了兩百公尺，邊爬邊高喊「清華」。

在「表演」的最後，演講家鼓動所有以清華、北大為目標的學生走上台宣誓。

最終好像上來了一百個人左右（通常學校裡每年只有二十多個學生被這兩所大學錄取）。

而大學考試的結果是，「熱血男兒」連北大的邊都沒碰到，「激情女生」考上了一所全國重點大學，而那些上了台的同學大部分都沒有考上清華、北大。考上的人，當時都坐在下面看著他們群情激憤。

我依然記得那天下午彷彿在嘲笑我們的刺眼陽光。

—— 真正的英雄主義，

就是在認清生活的真相後依然熱愛生活。

我是她最好的朋友，卻給了她最致命的一擊

我知道她一直在強撐著，而那個時候離她崩潰的臨界點已經很近了。
而我就是壓垮她的那最後一根稻草。

我是一名心理醫生。

曾經有個女孩出現在我的生活中，我們是同學，我是她唯一信賴的朋友，也是唯一的異性朋友。

她在社交這方面非常被動，因為原生家庭的原因，她從小便有一個心結——渴望得到別人的表揚與讚賞，無論做什麼事情都要爭當第一，把贏當作快樂，把輸當作恥辱。久而久之，便成了老師家長口中那個「別人家的孩子」，她有時候想問題很極端，不過很會控制情緒，從來不在別人面前發火或者露出不悅，堅強到令人害怕。她從不把自己的弱點暴露在別人面前，看上去永遠都是高高在上的強者，但其實內心比那些看似楚楚可憐、嬌小動人的女生內心更加脆弱。她的強勢來源於她的父母，我瞭解她，也知道她的弱點，她的一生被摧毀，也正是由於我給了她最致命的一擊。

她家境殷實，父親是個老闆，性格很強勢。母親生下她不久就和父親離了婚，又重組了家庭。父親對她的期望值很高，從小就教育她「你要贏」，「你要做強者、做贏家」。雖然初衷是為了她好，很寵愛她，也沒有為她找過繼母，但從來不稱讚她，只有打擊式教育。

無奈父親的社會威望高，有那麼多父親的生意夥伴和員工都在看著她，她沒有退路，必須優秀，必須當第一，甚至可以說是在為了維護父親的面子而拚命學習。

她的快樂很簡單，只要是達到了父親的要求，聽到父親一句「不錯，加油」，她就能高興好久。她的生日願望是希望父親可以誇誇她，不要再罵她了。

我猜她的父親也是從小被打罵過來的，才會對她繼續實施打擊式教育，只可惜，這種「棍棒底下出孝子」的迂腐理論害了多少孩子。

高三的時候，她把所有的時間都用來讀書，分秒必爭地複習功課，但結果卻不是很好。她的壓力非常大，反覆告訴自己一定要考好，這份重擔壓得她喘不過氣來，越來越焦慮，擔心自己考得不好給父親丟人。如此一來，漸漸形成了惡性循環，成績也在慢慢下降。

然而此時，我的壓力也很大。我的分數距離和她約定好的學校分數線還差很遠，也一直沒有起色，開始覺得自己沒有前途。於是，我逐漸疏遠她，加入了她最討厭的那群人的圈子裡。他們不讀書，混社會，早已看不慣老師家長處處拿她與自己作比較，加上她成績下降，從第一的神壇跌落，老師們也不再保護她，一場針對她的可怕校園霸凌便由此開始。

她討厭那群人，那群人同樣也討厭她。他們的「仇富」心理集中爆發——自己不努力還不希望比自己優秀的人更努力。他們看不慣她的拚命，看不慣她不僅家庭條件好，學業成績也好。起初是經常拿她當茶餘飯後的樂子，嘲笑她作為一名好學生，到頭來還是這副糗樣；後來他們竟然開始撕她的作業本，將她堵在廁所，往她的杯子裡加粉筆灰……人啊，只要討厭一個人，就會覺得她做什麼都是錯的。

而我是其中最不可饒恕的那一個。或許別人對她的惡語相向造成的傷害並不太大，但我才是最該死的，是我把她最後的希望扼殺了，因為我沒有站出來保護她。

距離大學考試還有半年的某一天，她問我，能不能放學了先別走，等一下她。我說我沒空。我一放學就收拾書包要走，她把我攔下，問我有沒有時間，可不可以陪她說說話。我回答沒有時間。她問我到底是怎麼了，我說：「沒怎麼，就是覺得你很煩。」她追著我問為什麼覺得她很煩，我一時失去理智，說：「你還問我為什麼？你自己心裡不清楚嗎？你能不能反省一下自己，總是一副高高在上的模樣，現在不照樣考得一塌糊塗，我又不是你的垃圾桶，憑什麼每天聽你和我訴苦，你煩不煩……」

我把我的壓力一股腦全都衝她發洩了出來，但說完我就後悔了，因為我看到她哭了。我認識她六年，這是她第一次沒有控制好情緒。我有點於心不忍，但我還是走了。我光想著自己的面子，卻把性格要強的她踩在地上。

我知道她的心事不會和父親說，就算說了，得到的也不會是安慰，而是斥責，罵她連這麼簡單的人際關係都處理不好，況且她素來不怎麼和父親溝通，從小到大把什麼事情都憋在心裡。我也是猜到了這一點，所以才放任他們對她施行校園霸凌。

第二天她沒有來，我以為她是在賭氣。第三天她同樣沒有來，我開始有一點點擔心，接連打了三次電話給她，都無人接聽。我瞭解她，她一直在強撐著，一旦爆發了，很可能發生可怕的事情，但我沒有繼續打下去。我始終覺得她是在賭氣，氣消了就好了，並不會真的爆發。第四天她來了，我鬆了一口氣。下課時間照常出去打籃球，出教室之前看了她一眼，看到她正坐在座位上發呆。我回來以後，看見她的座位空了，問了同學才知道原來她不是來上課的，而是來收拾東西的。她很獨立，獨立到可以一個人收拾東西辦理退學。

此刻我才意識到我的行為有多麼過分，我是她唯一的朋友，卻和其他人一起對她校園霸凌，真是個不折不扣的渾蛋啊！

那天是我最後一次見到她，她收拾完東西便澈底消失了，我無數次撥打她的電話，也聽不到任何回音。我去找我們的班導師，問班導師知不知道她去哪裡了。班導師說，她特地求自己不要告訴任何人她的消息。我想找到她，沒辦法，便逃課去了她家，門始終沒有開。我擔心她的安全，告訴班導師說我根本聯繫不到她，想瞭解她父親知不知道她現在是這個樣子。班導師說，他知道。我這才放心，至少她不會有危險了。

我在她家樓下連續等了三天，最終班導師因為我逃課聯繫了我的父母，我被他們逼著回去上學。在這之後，我沒有再找過她，我猜想她的父親應該會和我的父母一樣，也會逼她回來上課，或者是去其他學校繼續上課，總之不會放任她退學。

我天天傳簡訊給她，她應該看得到吧。我初中和她約定好考同一所高中、上同一所大學，剩下的時間我都在拚命學習，直到我的目標分數和實際分數的距離逐漸縮小，最終考上了和她約定的大學。大一剛開學時，我翻遍了大一新生名單也看不到她的名字，我方才意識到，她可能澈底從我生命中消失了。之前我還心存希望，以為到了大學可以再見到她，因為我還欠她一句「對不起」。

我有種莫名的感覺，她會關注我的動態，於是我拚命學習，參加了學校裡大大小小各類活動，登上了校報、電視台，只為了讓她能夠看到我，知道我的近況。我在大學時的人緣很好，同學都說我性格好，成熟穩重，情商高，很會體貼人，但他們不知道，我的成熟是用她的致命傷換來的。

我在大學加上工作的這十幾年期間，從來沒有放棄打聽她的消息。有一天晚上我和同事加完班去喝酒，喝得有些醉了的時候，我問同事，有什麼辦法能讓一個人像「人間蒸發」一樣，再也沒有音信了呢？

她以為我在打趣，就說了一句，還能有什麼，死了唄。

我頓時清醒了，她說的好像很有道理，我竟然無法反駁。雖然在那個通信不算發達的年代，聯繫不上一個人很正常，但也不可能像她這樣十四年杳無音信。我第二天就回了高中，再次向班導師詢問她的消息。其實我每次回老家都會去找班導師，我知道班導師是故意不告訴我的，不過我相信皇天不負有心人，他總會告訴我真相。

最終真相浮出水面的那天，竟成了我最心痛的一天。起初，班導師不出所料還是像以前一樣敷衍我，我得到了和之前一樣的答案。然而，當我問班導師「她是不是死了」的時候，班導師正在改作業的手有一絲絲停頓，說了句：「你這傻孩子，想啥呢，沒有的事。」他話雖這麼說，但我作為一個學心理學的，他的細微表情自然是瞞不過我的眼睛。

在離開學校的路上，我無法專心開車，甚至差一點出了意外。我的心空落落的，明明應該感覺輕鬆才對。一個我尋找了十多年的答案如何揭曉，這份執念已經澈底融入了我的生活，甚至成了我活下去的動力。現在終於有了答案，我卻不知道是喜是悲。我學心理學也是為了她，我多希望再見到她的時候可以幫她解開心結，現在，這份支撐我的意義沒有了，我不知道該何去何從，我對她的愧疚完完全全滲透到了我生活的每一天。她喜歡我，因為她在我身上找到了依賴感，我可以讓她放下偽裝，讓她任性地做回小女生。或許我也曾經對她有過一點點心動，她讓我產生了心疼且想要保護的感覺，這也是我這十四年從來沒有找過女朋友的原因，我透過這種方式懲罰自己，來為我曾對她做過的一切贖罪。

我回到上海，在家裡渾渾噩噩地度過了幾天，大概是在第三天晚上，我接到了班導師的電話，他問我是不是知道了什麼，我說是。老師終於將她的消息如實告訴了我。她當年確實離死亡很近，但最終自殺沒有成功。起因是她向父親提出來要退學，被父親暴打了一頓，崩潰的她吞了安眠藥，被救過來了。可能是父親怕失去她吧，竟然同意她退學了。退學之後，她好像是跟著父親出了國，沒有參加大學考試。

她的憂鬱症已經持續了很久，對此班導師很遺憾地說，她就算成績退步了，但基礎也還是很好的，老師們開導了半天但她還是執意要退學，不知道她現在怎麼樣，應該還活著吧。自殺過的人應該不會再自殺了，她的憂鬱症也不知道好了沒有。班導師勸我也別找了，當年的校園霸凌對她傷害已經很深，不要再給她帶來一次傷害了，或許，再

—— 真正的英雄主義，
就是在認清生活的真相後依然熱愛生活。

見到我對她來說就是一種傷害吧。

她沒有退學前，老師和她父親都不知道她曾經歷校園霸凌，對她施暴的人都在一個班裡，大概有十多個人。如果影響大一點的話，老師肯定會知道，不會放任她被欺負的。幸運的是，她的父親總算沒有再逼她，而是選擇帶她離開了這個充滿惡意的地方。

我記得她過生日的時候說過一句話：「你知道嗎，其實壓死駱駝的，只是最後一根稻草，就那麼一根而已。」我知道她一直在強撐著，而那個時候離她崩潰的臨界點已經很近了。我就是壓垮她的那最後一根稻草。

我是幫凶，是我摧毀了她。

我沒有和任何人包括我的父母說過這件事，它就像一顆毒瘤，在我心裡生根發芽，扭曲我的良知，吞噬我的理智。作為一個心理醫生，我卻始終無法疏導自己，我拒絕了各種各樣的相親介紹，不敢也不能找女朋友，因為我不配。

職業生涯中，我見到了太多受到校園霸凌及「打擊式教育」觀念荼毒的孩子們，我盡全力幫他們走出陰影。除了害怕曾經的悲劇在他們身上重演，更是在為自己贖罪。我解開了一個又一個的心結，卻始終無法解開自己的。我希望用我的一生來懺悔當年因為懵懂無知給她帶來的傷害。

她把我當作她的太陽，當作她在黑暗中唯一的光，當作在懸崖邊緊緊拉著她的手，和陰冷潮濕環境中唯一的一絲溫暖。只因為我的一句話，在她的心裡，我已經「放手」了，壓力拖著她墜入深淵，所有希望都蕩然無存。

我有時覺得，我很像《追風箏的人》裡的阿米爾少爺，而她像是哈桑，阿米爾曾經背叛了哈桑，不管後來如何挽回，哈桑也永遠都回不來了，他們的友情也回不去了，即使哈桑在心底已經原諒了阿米爾少爺。

前段時間我遇到了一位母親，問我該怎麼教育孩子。孩子想學跆拳道，父母卻以怕耽誤課業為由拒絕了。他們反對孩子放學回家看《動物世界》，覺得是「浪費時間」。平日裡誇一句怕孩子驕傲，罵一句又怕孩子氣餒。孩子正處在叛逆期，不僅不愛讀書，還和母親天天吵架，甚至開始離家出走，作為家長是真的不知道該怎麼辦才好，於是特意來諮詢我，到底是哪裡出了問題。

我說了我遇到的一位女孩的故事。

女孩從四歲開始學小提琴，學了大概四年，老師告訴她母親說，要不考慮一下和別人學吧，自己不想再繼續教她了。她母親哭著求老師不要放棄女孩，繼續讓她學琴，她有天賦就是不用心，請老師再給她一次機會。女孩其實很聰明，四歲時便跟著七歲的孩子一起上一年級，還能考滿分。這是她從小到大第一次懷疑自己的能力。她又堅持了幾年，六年級的時候，老師建議她轉學大提琴，因為之前上課時只要她表現好、有進步，老師就會拉大提琴給她聽，她看見老師拉琴，兩眼都在放光。她母親也發現了她對大提琴的熱愛，不顧家裡人的反對，毅然決然地為她買了價值十多萬元的大提琴，還勸說家人：「總要讓她多嘗試一些才能知道自己到底想要什麼。而且我瞭解她，她對大提琴的熱愛已經遠遠超過了對其他事情的興趣。當她知道她可以學大提琴的時候，高興得連睡覺都要抱著琴一起睡。」

她的課業成績到了初二開始下降，在那個唯成績論的班裡受到了很嚴重的歧視，承受了老師的謾罵、同學的嘲笑以及不忍直視的排名。老師勸她不要再拉琴了，她沒有答應。老師又告訴她母親，功課好才是「王道」，琴拉得再好也沒有用，不能當飯吃。她母親對老師說，我不會干涉她的興趣愛好，我也相信她不會主次顛倒。她每天下午回了家先練琴，到了晚上才開始寫作業，孩子本來就年齡小，我不想逼她太緊，不過我以後會督促她課業，一定不會讓她拖班級後腿的。

之後的每天晚上，不論孩子讀書到幾點，不論自己白天上班有多累，母親都陪在桌前，不看手機不玩電腦，沏一壺茶，和她一起學習。這個孩子對我說，每次考完試出成績，無論成績如何，她父母都會請她出去吃頓飯，考好了有小禮物，考不好陪著她分析試卷。

事實證明，她非但沒有拖後腿，還成了全班唯一一個考上了省重點高中的學生。上了高中，她的音樂啓蒙老師建議她可以去找音樂學院的老師學琴，這位六十多歲的老先生，親自帶著弟子跑到音樂學院拜師，請老師教她。她高中三年的學習壓力極大，甚至產生過自殺的念頭。她的母親一直在身邊陪著她練琴，一直在鼓勵她。有時她想放棄，母親便對她說，你想好了嗎？如果你想好了，我會無條件支持你，不會干涉你的任何決定，你已經是個大孩子了，應該管理好自己的情緒，為自己的決定負責。所幸她沒有放棄，最終如願考上了音樂學院，後來又出國留學，現在發展得很好。

倘若我記憶中的那個女孩的父親也能和這位母親一樣該多好。父母可以共同成為她的夥伴，做她堅實的後盾。她的壓力或許就沒有那麼大，或許就不會事事爭第一。一旦負面情緒有了宣洩的出口，家對於她來說也就不再是一個只能吃飯睡覺的地方，而是成為真正的避風港，當時的一切便會不一樣。

還有個孩子，家庭衝突激烈，父母天天爭吵。後來父母離異，母親也不怎麼管他，他在欺負同學中找到了宣洩的出口，成了校園霸凌的霸凌者，這又是一起悲劇。

校園霸凌最主要的原因來自原生家庭，扭曲的家庭環境往往會讓孩子的心理也產生扭曲，父母的負面情緒也會潛移默化地影響孩子。我對家長們說得最多的，就是請他們

—— 真正的英雄主義，
就是在認清生活的真相後依然熱愛生活。

盡可能地理解孩子，不能要求孩子站在成年人的角度思考問題，而是讓自己試著去站在孩子的角度考慮，或許就可以明白孩子為什麼會這麼想。不要扼殺孩子的想法，不要企圖讓他們完完全全按照自己的意願成長，或是把孩子當作實現自己未竟抱負的傀儡、家長之間攀比的工具。多聽聽他們的想法，把他們當作自己的朋友，這才是一個健康的家庭最好的相處方式。

所有的情緒爆發，都來源於長期的壓抑，而最終壓死駱駝的，可能只是最後一根稻草。

失痛症

經歷了這些事後我懂得了一個道理，這世上最可怕的東西，就是人心。

我是一個失痛症患者。失痛症，顧名思義，沒有痛覺。

很多失痛症患者是天生的，我不是，我媽在懷孕的時候吃錯了藥，意外把我的痛覺神經殺掉了。大多數天生的失痛症患者，往往因為免疫力差、體質過弱等原因活不到成年而早早地失去了生命。不過相較於他們，我似乎要幸運得多，因為我除了感受不到「疼」，其他感覺知覺和正常人沒有什麼不同。

很多人可能會羨慕地說：「你沒有痛覺，感受不到痛，那豈不是很好？」

可是，我只能難過地告訴你們，不好，一點都不好。

我是感受不到身體上的痛，可是這個世界帶給我的痛，我一點也沒少受。

我出生在農村，因為村子很小，所以我生下來就沒有痛感的事情，不到一天的時間全村人都知道了。很多人可能無法想像，一個出身於農村且患有罕見疾病的女孩，未來

—— 真正的英雄主義，

就是在認清生活的真相後依然熱愛生活。

會有怎樣的命運。

從我有記憶開始，每次出去玩，就會伴隨著一陣陣議論的聲音：「你們看，這就是那個不知道疼的孩子。」彷彿我就是個怪物，要承受他們所有的好奇、質疑和嘲笑。

那個時候我並不相信他們說的話，因為我記得幼兒園的老師說，每個小朋友都是天使。我沒有做過壞事，所以我也是小天使，我肯定和所有人都一樣。

但是後來，我漸漸發現我錯了——我的確和別人不一樣。

別的小朋友摔倒了，劃破了手，會因為疼而哭好久，可是我不會，因為我完全沒有感覺。最明顯的例子就是，如果我身上哪個地方有傷口，只要我沒有親眼看到，就根本不會知道自己受了傷。

之後我又發現，我不僅沒痛覺，甚至對冷熱的感知能力也很弱。比如我的手能緊緊地握住裝滿開水的杯子，我能吃下很燙的粥，有時候嘴唇都被燙破了也毫無覺察。

我用太陽能熱水器洗澡的時候，冷熱水沒有調好，可我卻絲毫感覺不出來，直到現在背上還留著很大一塊傷疤。

但這些身體上的傷口遠遠比不上那些嘲笑帶給我的傷害。

據我媽說，我剛出生的時候，家人知道了我的病都極為煩惱。有一個又蠢又壞的親戚來了，直接抓起我的手，狠狠地咬了下去，當時我的手上全是他的牙印。那時候我剛出生沒多久，手小小的，皮膚很嫩。然後他說：「果然是感覺不到疼，你看她都沒哭。」

小的時候我和小朋友一起玩，有的小孩會為我取特別難聽的外號；有的會故意捏我，問我疼不疼；還有的看見我摔倒了撞到了，會直接說：「沒關係，反正你也感覺不到痛。」

我意識到自己感覺不到疼這件事情的時候已經讀小學了。那個時候我特別怕交朋友，因為我怕他們問我為什麼沒有痛覺，怕他們拿我的缺陷嘲笑我，怕他們看不起我，儘管我什麼都沒有做。

久而久之，我成了學校裡的邊緣人。全班五十五個人，需要兩個人一組做作業，而我是唯一一個找不到同伴的人。

當時，高年級有個大姐大，足足比我高出了一大截，以經常欺負同學聞名。我知道這個人的時候，心裡就很害怕，我怕她知道我的事後，會把我當成她的下一個目標。

果不其然，怕什麼來什麼。有一天放學回家的時候，我穿過一條衚衕，她剛好迎面走過來，當時整條衚衕就只有我們兩個人。儘管我一直在心裡祈禱不要發生什麼事，但是當她走到我面前的時候，還是把一條腿抬到我臉的高度，然後踹了下去。

事到如今，這麼多年過去了，我依然想不通，為什麼，為什麼他們一定要這麼對我？

我讀小學二年級的時候，遇到了一個足以讓我記恨一輩子的老師。她脾氣不好，也很不喜歡我，因為知道我感覺不到疼，所以很多時候都故意找理由揍我。其中有件事我記得特別清楚，她當著全班同學的面用木板打我的手，班裡同學也都知道她不喜歡我，所以對這件事就見怪不怪了。和以往不同的是，那次被她打完之後我哭了，倒不是因為疼，只是因為那個時候我已經小學二年級，有自尊心了，被她打了之後心裡特別難過。然後，她拿木板敲著我的頭說道：「裝什麼裝，你又感覺不到疼。」

後來我十幾歲的時候去看牙，牙醫也是我們家附近的。他為我拔完牙齒，直接就說：「不痛吧，我就知道你肯定不痛。」

經歷了這些事後我懂得了一個道理，這世上最可怕的東西，就是人心。

我十幾歲的人生裡，最期盼的，就是能做一個正常人，一個普普通通的健康的人。

我每天走在人群裡，雖然看起來和正常人沒什麼兩樣，但是我知道，我身上帶著缺陷。

我人生最美好的時光是在大學。我離開自己的家鄉，來到一個完全陌生的城市，開始了一段新的生活。這裡沒有人知道我的病，只要我偽裝得好，就和所有人一樣是一個正常人。我非常感謝大學裡遇到的同學、朋友和老師，是他們讓我相信這個世界上還是有溫暖和美好的事情存在的。也正是因為遇見了他們，我才覺得生活其實並非那麼苦澀，也不再繼續抱怨命運的不公平。

說實話，過去很多時候我也想過一了百了，因為活著實在是太難了，但是每當這個念頭孳生時我都會想起我媽，她活得比我還要不容易。一個農村女人，既沒有什麼見識，也沒有受過多少教育，憑著自己頑強的幹勁和質樸的品性艱難地把我帶大。我的母親是一個非常堅強的人，家庭的貧窮和孩子的頑疾在她二十幾歲的時候紛至沓來，我無法想像她是怎樣熬過這些艱難的日子——旁人的指指點點，一趟趟的求醫問診和藏在家裡不敢出門的那種辛酸無助。

所以這麼多年，她不主動說，我也從來都不問她任何關於我的病的問題。因為我知道，她一直覺得自己是全世界最對不起我的人，所以我不能再拿著一把刀去刺她的心。

後來讓我感到幸福的是，我的病開始有了轉機。

大二的時候，我的手因為過敏，裂開了一道口子。一開始我沒在意，以為過幾天就好了，可沒想到這個口子越裂越大，我竟然能感受到一種特別難捱的感覺，這種感覺甚至促使我去看了醫生。後來我才明白，那就是痛的感覺。

我高興地打電話給我媽，她在電話裡哭了，很奇怪的是，我沒哭，因為我真的很開心。

醫生的解釋是，我本身應該是健康的，擁有正常的痛覺，只不過在藥物的作用下，這種能力暫時被抑制了，但時間一久，藥物的作用消失，身體也許會慢慢自癒，恢復痛覺。

不久之後，我發現對冷熱的辨別能力也漸漸好轉了，現在我對疼痛的感知力比以前強了很多，對冷熱的感知力也沒什麼問題了，不會影響到正常的生活。

雖然我現在還是不能像正常人那麼靈敏，但日常生活和大多數人一樣——工作、買房、戀愛，雖說閒下來的時候也會想起自己的病，但比之前樂觀很多。隨著生活能力慢慢變強，人也變得無所畏懼了。

不過，我依然做不到與那些傷害過我的人和解，當然也不可能原諒他們。我始終覺得「要感謝生活中曾經傷害過你的人，因為他們讓你變得更堅強」這種觀點就是扯淡。因為傷害就是傷害，它和幫助，和成長沒有半毛錢關係。如果你見過從小在愛裡長大的孩子，你就會明白，即使沒有那些傷害，孩子依舊會成長，而且是很幸福地成長。傷害這種東西一旦在你的心裡種下種子，生根發芽，即使今後再努力，也難以擺脫曾經那些傷害帶給你的陰影，而且需要花很長時間甚至是一輩子去治癒。

我之所以匿名寫下我的經歷，最初也是唯一的想法，就是希望更多人能夠友善地對待身邊那些「不同」的人、那些身患疾病的人、那些有著不同性取向的人、那些性格孤僻不好相處的人，和那些原生家庭不夠幸福的人。很多人的人生本來就已經很不容易了，為什麼不能多給他一點愛呢？

我還是很樂觀、很有信心的，畢竟自己最難的時候已經過去了，未來在朝著好的方向發展，這個世界還是善良的人多。即使見過很多人性的陰暗面，我依然這麼認為，只要努力，生活就不會辜負你。

「渣男」收心，一個理由就夠了

你成了他的軟肋，他才是你的鎧甲。

—— 真正的英雄主義，
就是在認清生活的真相後依然熱愛生活。

我有一個朋友……

算了，老實說自己的故事吧。

我小時候比較胖，身高一百五十幾公分，體重六十五公斤。雖然不是特別臃腫，但是整個青春期都耽誤了，一個女朋友都沒交到。等到高二高三長高了瘦下來，這些女孩們一個個都灰頭土臉油光滿面讀書備考，在重點高中最後兩年，都沒人抬頭看我兩眼，所以初戀和初吻一直保持到大學。

進了大學就不一樣了，加上學院裡女多男少，新學弟入學了，大兩屆的學姐都會來觀摩指導。我們還在軍訓列隊的時候，小學姐們就在旁邊指指點點，軍訓剛結束，就已經有六、七對男女談上戀愛了。

那時候是我人生中體脂率最低的時候，小伙子瘦下來也顯得有朝氣，說我是「鐵西區吳彥祖」有點誇張，但是「豔粉街林更新」的稱謂我也是可以撐得住的。青春期一直虧欠的精神食糧就在大一下學期超額補上來了。

這麼說吧，整個大學都特別忙，一學期換兩個女朋友。女孩們也都是初嘗滋味的年紀，從食不果腹到予取予求，一點都不讓我歇會兒、封山育林什麼的，完全是濫砍濫伐、無序開採。真的是屁股決定腦袋：當我們還是普通朋友關係的時候，談論別的女生生活不檢點，女生是要搶占道德高地的；熟悉到「坦誠相見」的時候，道德高地搶占不了，也就無所顧忌，一竿子插到底了。

當然這件事我也是要負主要責任的，我覺得我最大的問題就是不會拒絕。

我身體都快累垮了，體脂率一度跌到17％，腹肌都出來六塊了。當然腹肌沒有分離，床上有氧運動對塑形的效果不明顯。

我前後有七、八個女朋友，還不包括兩個高中時候比賽認識的外地女朋友，一個是杭州女生，一個是福州女生。之所以說她們倆不包括在內，是因為從來沒有過任何肢體接觸，也就是在手機、QQ上說說情話，相當純潔的男女關係了。這也導致我和她們分別分手之後這麼多年，還保持著良好的朋友關係。尤其是最近兩年我又胖到一百公斤的時候，這種純潔的關係越發昇華，一點邪念都沒有，幾乎變成閨密了。

—— 真正的英雄主義，
就是在認清生活的真相後依然熱愛生活。

大三的時候，認識了一個比我大兩屆的學姐，就是現在我兒子的媽。認識她的時候，我有一個高中同學女朋友，在南方某市讀空中乘務專業，現在已經是某航空公司座艙長了。而且無巧不成書，我親妹妹也在那家公司，一度還當過她的組員。我妹妹和她情投意合，張口閉口叫姐，有時候說走嘴了叫嫂子。

心累！

跟學姐談戀愛的時間比較長，也是因為那段時間我心猿意馬，早已經準備好去北京工作，並不會在學校待多久了，也就沒有時間去挖掘新的女朋友。另外一個原因是學姐當年也挺漂亮，還特別樂意幫我，時不時輔導我學習。所以，另一段和高中同學的異地戀就宣告結束了。到這時候，學姐才成為我唯一的女朋友。

後來我大四還沒開學就去了北京工作，就等著畢業的時候回來拿畢業證書。在北京時和學姐還有聯繫，不過也成了異地戀。你想，就我這種前科累累的人，風華正茂、年紀輕輕、血氣方剛的小伙子，一個人孤身在外，肯定也閒不住。半年不到，北京的女孩們也快讓我把學姐忘得差不多了。

學姐讀研究所時有政策，研究生二年級的時候，需要到國外做一段時間支援落後地區中小學校教育的（支教）志工。有了支教經歷，回來才能寫開題準備畢業論文，發畢業證書和學位證書。她當時選擇了去南亞某國當數學老師。

她的學校在偏遠地區，比較原生態的那種。剛去的時候還挺興奮，那時候沒有微信朋友圈，拍的照片清晰度也不高，她天天在QQ空間和人人網更新照片，還發給我看，讓我看藍天白雲山川有多美，還郵寄了一個當地民族的帽子給我。但沒過多久，她胃病發作，據她後來說當地一個華僑騎摩托車送她去醫院就走了三個小時。這一病就感物傷懷，電話裡覺得自己空虛寂寞冷。正巧我那時候剛準備從第一家公司離職，新工作已經找好了，入職時間也不著急，我就想，出國陪她玩一段時間。

我這人最大的毛病就是不會拒絕。

一直以為她去的地方只是一個普通縣城，萬萬沒想到一路上山路崎嶇，蜿蜒起伏。我坐飛機到首都好多個小時，坐著大巴又熬了好幾個小時，到目的地都快夜裡了，只能找賓館住下，第二天又從縣城坐大客車到她那。

等我人到車站一下車，她就在那等著我，還故意穿著當地的民族服飾。我把她感動壞了，她本來眼睛就大，宛如一輪明月，眼角兜不住眼淚，有多少淌出來多少。我心裡就罵自己，大老遠的你說你圖啥？

這兩個月，她上課，我也偶爾為孩子們上課，畢竟我也是大學畢業。她教數學，我教漢語。這裡的孩子少，分班不像中國把年級分得特別清楚，只能混在一起上課。看起來像蒙特梭利教育，但實際上當老師的很不容易。

支教結束，我們這群人臨走的時候，一位負責安排我們生活的大哥給了我一把小刀。因為我平時吃飯都用筷子，大哥表示「你這吃肉不方便啊」，遞給我一把。他看我把玩著喜歡，就把這個事放在心上了，偷偷打了一把。

刀鞘是用牛皮做的，點綴著幾個小孔。小孔用銅絲圈或銀絲圈箍住，之間彩線穿插連接形成很簡單的幾何圖案。刀是手工做的，刀柄有四塊藍色瑪瑙石，打磨好了匝在刀柄上，四個手指握刀正好契合，不易脫手。刀尖很尖銳，走線卻很圓潤，畢竟不是殺人的刺刀。當地男人用這一把刀吃飯、切割、屠宰，做什麼都用。

大哥送一把刀給我，證明這兩個月我傳給他的二十G日本小電影充分增進了兩個成年男人的戰略互信，也讓兩國青年的情感，借助大和民族的藝術得到了昇華。

大哥和幾個當地人把我們一直送到了縣城，我們坐中巴，他們幾個騎摩托車。真成了親兄弟，親兄弟也沒這麼送別的。小城雖然有機場，但是航線很少，就這麼的，我和學姐還有六個同學，在縣城坐上大巴車準備返程。

我們的目的地是首都一所學校，支教志工要在這所學校先行集合，再成批飛回國。因為飛機是第二天一早八點多的，所以學生們需要在學校宿舍湊合一晚上，第二天一早出發去機場。

大巴車到了長途汽車站，我們下車後，打了一段計程車到城中心。有兩個女生說太餓了想在這裡吃飯，於是就輾轉到廣場附近的一家餐廳吃飯。我們坐了好幾個小時的車，也是累壞了，吃的時間就長了些。快吃完的時候，服務生過來說，外面可能出什麼事了，你們趕緊吃完趕緊走吧。

我們走在街道上，發現已經開始有叫喊聲和各種紛亂的噪音，手機信號突然全都沒有了，偶爾往來一兩個人也神色慌張。

想叫計程車，但路上一台車都看不見。剛才還熱鬧的街道，現在空無一人。好不容易攔下一個人，那人告訴我們，出大亂子了，好像有很多暴徒在攻擊華人，打砸搶燒。

說實話，聽到這話我直接就拉住他胳膊：「大叔，我們能跟你躲一下嗎？」

大叔回答：「我要去接我女兒，你們跟我走更危險。」

完了，人生地不熟，八個人，六個女生。另一個男生一看就是好學生，從小都沒打過架，五百度的眼鏡片跟啤酒瓶子底一樣厚，真打起來這哥兒們肯定靠不住。

我當時心就涼了半截。

幸好我之前坐飛機來的時候買了一份當地地圖。我一看從廣場到學校也沒多遠，三、四公里的路，我們低調點，走一個小時也一定到了。昏昏暗暗的路，八個人，就這麼一路摸到了工業園區附近。

—— 真正的英雄主義，

就是在認清生活的真相後依然熱愛生活。

遠遠地，我們看到幾十個人正在燒著幾輛園區附近停的車。整條馬路沿線都散落著各種物品，有自行車，也有公文包，還有嬰兒車和石塊。所有的，我是說所有的門窗都緊閉，每一個捲簾門都拉了下來，室內所有的燈都關閉了，一瞬間感覺這個城市的所有居民都消失了，就剩下街上的暴徒，還有我們幾個人。

我記得好像那時候有一個丁字路口，路口附近還有一個郵局。路口附近都是老式國民住宅，這時候要是哪位大哥一喊，我們馬上就會跑到樓上去保命。但所有的窗戶都關著，沒有一個人，我們也不敢喊，不敢求救，最關鍵的是他媽的電話沒信號！

那幾十個人燒完了車，開始向我們這個方向緩慢移動。女生們已經嚇到不會哭了，一個個只會急促地呼吸。

坦白說，我當時真想跑了。這架沒辦法打呀，完全沒有勝算。但我要是跑了，書呆子小眼鏡我不心疼，那幾個女生怎麼辦？以後我怎麼混？我還有什麼臉出去撩妹？當時的訊息閉塞，我不知道這些暴徒想要什麼，是強姦還是殺人，哪樣我也不能跑啊，這要是跑了，以後就沒法辦法吹牛皮了。

我老婆當時相對來說比較鎮定，她還知道把背包扔地上，一旦要跑能跑快點。那幾個女生完全傻在那了，背著大背包，呆呆原地不動。

我把那位兄弟送我的小刀拿了出來，攥在手裡，扭過頭對已經快尿褲子的四眼仔說：「別跑啊，你要敢跑我先捅死你。」

這傢伙之前還一度想勾搭我老婆，我早就看他不爽了。

那些人好像也看到了我們，又往我們這邊似有目的似無目的地移動了一百多公尺。事後我猜想，可能是因為他們也分不清是不是自己人，畢竟隔了將近一百公尺。他們往我們這走走，我也就拎著刀往前走走，他們停，我也停。《空城計》怎麼唱的？左右琴童人兩個，我是既無埋伏又無兵。

就這麼相互揣度了十幾分鐘，他們也沒往我們這邊來，我也沒敢亂動。現在想想，他們應該是盯住了一家小工廠，認為裡面有人，想把捲簾門的鎖砸開，主要目標不是我們。如果他們衝過來，我大概是先捅死一個然後就跑，把人往我這引，給那幾個女孩逃跑的機會。當然那個四眼仔也要留下，他不能走，憑什麼我玩命他帶著妹子回去過好日子。我應該不會像電影裡的英雄一樣硬扛著被喪屍淹沒，一來我不知道他們目的是什麼，沒必要這樣犧牲；二來，我還沒活夠。

丁字路口突然拐過來一台小麵包車。車在我們身邊一閃而過，又突然折回。司機是一個華人面孔，打開車窗，用中文招呼著說道：「快上車！」

容不得多想，八個人飛快上了車，這群書呆子還揹著大背包，我都罵人了：「你們是不是傻X，把行李扔車後面，別揹著，快點上車。」這應該是我有生以來唯一一次用這麼髒的話罵女生。

馬路斜對面的幾十個暴徒，正在看著這邊，我猜測也就八、九十公尺的距離。

我坐上副駕駛座，刀一直在右手，藏在身側緊緊攥著。我就想，如果司機敢把我們賣給暴徒，我先一刀解決了他。

車跑起來，司機才說：「你們要去哪？」

我答：「XX學校。」

他說：「那邊不能去了，亂得很，很危險。」

我問：「那哪裡安全？」

他答：「我送你到警察局吧。」

聽到這話，我稍微安下心。在路上，他一邊開車一邊說：「我看你們在那站著，一會兒害怕肯定要走小路。小路最危險，已經死了很多人了。你們進了小路，兩頭一堵，跑不了的，這樣，我才停車叫你們。」

這位華僑大哥在當地做蔬菜批發，現在是我們兩口子的親大哥，逢年過節都要打電話給他。但也是因為生孩子和工作等一些事情，我們兩口子一直就沒再見過他，這一晃，十年過去了。兩年前他和妻子來北京旅遊，還聯繫過我，但實在不巧，當時我在杭州工作，又錯過了。

就這麼的，他把我們送到了警察局，這裡一來人多安全，二來有戰鬥力。我們幾個人就在這找到了當地警察，因為已經離飛機起飛時間沒多久了，警察送我們去機場。八點多，我們的飛機準時起飛。

等飛機安全落地，開機後手機才有信號。所有人的手機簡訊都被發爆了。家裡人都聯繫不上我們，打電話都是無法接通，家長、學校老師甚至外交和教育部門的主管都急瘋了。

各自報了平安，便解散了。因為是七月，學校也放假了，我老婆非要讓我送她回家。她家離瀋陽城區很近，說實話我有點不情願，這也是我為什麼要匿名寫這篇文章的原因。我心說老子還沒玩夠呢，我還想多泡點年輕妹子呢，我才二十三啊。

到了老婆家，準老丈人初步瞭解了當時的情況，酒桌上我剛倒一杯他就喝一杯，說：「你是學士，她是碩士，學歷不是問題。」

我倒了一杯酒，說：「叔叔，我現在的工作一個月薪水才三千塊錢。」

準老丈人乾了一杯：「錢算啥，莫欺少年窮，以後慢慢賺錢唄，再苦還能吃吃穀糠吞野菜啊？有魚有肉有米有麵就是好日子。」

我又倒了一杯酒說：「叔叔，我還沒錢買房子呢。」

準老丈人又乾了一杯：「有人才有家，沒有人，買個故宮給你，那也不是家。」

我再倒了一杯酒，說：「叔叔，我跟我爸商量一下行不？」

準老丈人：「商量啥？我這都把女兒給你了，我也不提聘禮啥的，你還商量啥？我就是覺得我把我女兒交給你，放心。你覺得我女兒配不上你嗎？」

我連忙說：「配得上，配得上，我配不上她。」

準老丈人：「那就行，你跟你爸說一聲，下個月我請幾天假，帶上兩酒一肉，我和你姨上你家去提親，不用你爸媽來。」

我老婆知道我什麼德行——見到漂亮小女生就走不動了。渣嗎？渣！但這麼多年過來了，孩子都會打醬油了。這女人也知道用什麼辦法可以鎮住我了：把兒子擺在前頭，你在你兒子面前要臉吧，要當個好爸爸吧，要樹立一個正直負責任的形象吧，你就不怕老了沒人管？你就不怕你兒子將來在你病危的時候給你拔管？

哪有什麼渣不渣，你不是他的牽絆，他當然會渣。

你成了他的軟肋，他才是你的鎧甲。

世界依舊黑暗，但我不再畏懼孤獨

我用手把塑膠袋從中撕開，然後坐起來大口喘氣，渾身汗濕。

二〇〇八年的自殺未遂這件事永久地改變了我。

那年我十八歲，距離我十五歲來到這座陌生的城市，與父母離異後七年未見的父親一起生活，已經過了幾年渾渾噩噩的日子。十八歲生日那天陽光很好，秋高氣爽。上午，我一個人默默地去捐血，從填寫捐血證的護士口中聽到了成年後的第一個生日時唯一的一句「生日快樂」。

其實當時我已經被第二所學校開除了，學校通知了好幾次家長，父親也沒有去過，學校只好直接開除我。我初戀的女孩已經離開了這個城市，正在準備出國事宜。然後，我這個「新晉成年人」，在那年聖誕前夕，澈底被孤獨打敗了。

在本該躁動而自我的青春期，我突然感受到被全世界拋棄的那種恐懼。

那段時間，我的腦子裡一直充斥著卡繆的一句話：「死亡才是真正嚴肅的哲學。」

當然在那種情況下，我已經無法正確理解這句話。

那晚，我寫了四封長信，對象分別是父親、母親、初戀和自己，字裡行間充滿著孤傲和灑脫。

我把四封信整齊擺好放在父親的辦公桌上，因為沒有自己的房子，所以我用偷配的父親辦公室鑰匙進來了。那時我心裡滿是對他的失望和恨意，所以決定把自殺地點選在他公司，以此來嘲笑他。

上到二十八樓，我坐在欄桿邊抽支菸。跳樓是我早就想好的方式，果斷決絕，絲毫不能回頭。

可能是冷風把我吹醒了，也可能是我根本沒有那個勇氣，我抽完大半包菸，看著樓下從車水馬龍到燈光漸暗，始終沒敢再有進一步動作。腦子像突然發動的機器一樣思考了很多問題，當然都是滿滿負能量。

現在回想起來，差不多就是四個字，生無可戀。

後來，我終於為那次失敗的自殺行為找到了藉口——當年還是帥哥的我不太願意死成一攤豆腐渣。

於是我決定執行B方案。

回到辦公室，我吞下了之前找父親的員工要來的三粒安眠藥。當然那玩意到底是鎮靜劑還是安眠藥，我那時候實在分不清楚。睡意來襲的時候，我用塑膠袋套住頭，用膠帶封住脖子，只留了一絲縫隙保證入睡。

那段時間真的很漫長。

真的很漫長。

我在沙發上靜靜地躺著，任憑睡意一波一波衝擊著我。過了一會兒，身體似乎漸漸睡著，但腦子卻依舊有一絲清醒。我能清晰地感受到塑膠袋裡越來越悶熱，潮濕的袋子隨著我的呼吸一起一伏搭在我的鼻尖上。我試過睜開眼睛，但睫毛沉重，一如這段時間我感受到的絕望。周圍什麼聲音都沒有，世界彷彿進入了絕對的黑暗和靜謐，只有鼻尖的濕潤和黏膩。

又過了很長的時間，彷彿幾個世紀那麼長，我感覺我能看到周圍的東西了。當然說「看到」是不準確的，因為我的身體完全接收不到大腦的指令，但還是明確感受到周遭純粹的黑暗，周圍的桌子、椅子、沙發和門，所有的東西我都能看到，並且視角在辦公室正中心的上方。

那種感覺非常奇妙，甚至有些奇幻，彷彿不是用眼睛在看，而是以空氣為介質去感受。

但我當時沒有沉浸在這種奇妙的感覺中，因為，我「看」到，門口有一個黑色的人影。

這非常衝突——我感受不到門是開著的，但那個人影就像一塊門板一樣筆直地站在門內，微微垂頭。他也在「看」著我。雖然他的視線沒有對準我，但我知道他在「看」著我，看了一個世紀那麼久。

那時候，我的身體似乎無視了一切大腦的指令，只剩下輕微的呼吸在進行，連手指都不能動。當然這是後來回憶的，在那個當下，我似乎也沒有要動任何部位的意願。

我們就這樣在停滯的時間裡互相感受了很久很久。

很久很久。

然後，在彷彿幾個世紀的時間過去之後，他突然，扭頭消失了。不是走掉，就是那麼一轉身，消失了。

隨後我的四肢立刻重新連線，大腦馬上恢復掌控，隨即腦子裡一個念頭出現——我要活著，我不要死。

身體動作趕在了我的思維之前，我一把撕開臉上的塑膠袋，坐起來大口喘氣，渾身汗濕。

世界依舊黑暗，但我不再畏懼孤獨。

以上就是全部過程，之後我就找了一個 KTV 去打工，後來考上了大學，現在拿著學士學位在一線城市像千千萬年輕人一樣工作生活。

這麼多年，我從來沒有完整回憶過這個過程，也從來沒跟人提起過這段故事，其一是覺得人家未必願意關心你的事；其二是現在想來，當時無論是做法還是想法都極其幼稚。

我至今仍舊無法定義這是否算是一次嚴格意義上的自殺，但這件事對我自己人生觀念的衝擊是巨大的。它帶給我印象最深的改變是，後來我回家繼續高三學業的時候，我的舅媽，一個睿智的機關幹部，十分肯定地告訴我的家人：「你們別替他擔心，他長大了，從眼神裡就能看出來。」

這期間我經歷了許多奇妙的體驗，彷彿大夢一場，卻又那麼切膚入骨，原諒我無法一一分享。

終於說出這個故事，頓覺全身輕鬆。我很幸運，在生命的「最後一刻」以那種奇妙的感覺重新認識了生活，同時也讓肉體繼續存活了下來。但還有很多同樣絕望心死的人，直到最後也沒有感受到這個世界的善意。做這件事之前，我以為死是需要勇氣的，但現在，我知道，活著，比起自我了結，需要更大的勇氣。同樣，對這份勇氣的回報，也大到讓人驚嘆，讓人流連忘返。

世間百味皆是珍饈，願與諸君共享。

別人家的乖孩子

希望每一個對家人失望的人，都還能夠在失望裡看見希望。

女兒出生的時候，我覺得她只要開開心心地過完一生就可以了。

她小時候很聰明，很有靈氣，雖然有時會調皮搗蛋，但絕對是個討人喜歡的小孩子，很有禮貌，同理心很強，也很愛笑。跟她講話她會聽，犯了錯誤她會過來跟你鄭重其事地道歉，讀幼兒園的時候她也總是能考滿分。

小學時候的她有些貪玩，作業太多的時候還會撒謊說學校沒作業。有一次我打電話跟老師確認，知道是她在撒謊後，一氣之下打了她一頓，她終於聽話了。

剛上國中的時候，我想辦法為她找了一個教學品質很好的班，她在班裡排前幾名。可是國一下學期，她的一個同學因為談戀愛被班導師當堂辱罵，被迫轉班。誰知道這傻孩子就愛打抱不平，寫了一封抗議信給她的班導師。她們班的一群孩子知道後也不嫌事大地附和她，最後東窗事發，她的班導師把我叫到了學校。

這位班導師在我去學校之前，罰我女兒做了幾百個深蹲。於是，我跟班導師詳細地解釋了這件事的來龍去脈，讓我女兒向班導師道歉。回家後女兒告訴我，班導師也在班上跟她說了對不起。

但是在這之後，她就開始不愛讀書，我認為一定是因為她總是偷看漫畫和小說。於是屢教不改之下，我撕了她的漫畫和小說。但她依舊不學習，成績一落千丈。她的任課老師打電話給我，說最簡單的題她也只考了二十分。

我也是一名老師，她要學的知識我還記得，我開始看她的課本，每天安排習題讓她做，教她怎麼了解學科。

後來直到她讀高中時我才知道，原來她的班導師在那一次事件之後，總是找理由懲罰她，讓她跟一群不愛讀書的孩子坐在一起，點名的時候也刻意跳過她，還有意無意地讓班裡同學不要跟她走太近。我聽到這些的時候都是很久之後了，但還是暗暗心驚。

國三的時候，她的成績連考上高中都困難，我和她爸爸很著急，對她的耐心也越來越少，而她的叛逆心卻越來越強烈。我沒收了她的手機，她就偷手機去玩；我買給她的學習機，她用來看小說；我不停地跟她說「你要用功，你這樣連高中都考不上」，結果五百分錄取線她只能考兩百分，靠記下常識都能得四十分的化學前言，她只得了十五分……但她好像並沒有意識到問題的嚴重性，變得陰鬱暴戾，不僅說話帶刺，還敏感易怒。

她已經好久沒笑過了，她每天很早就去學校，好像很不願意待在家裡一樣。

但我還是陪著她讀書，每天陪她熬到很晚，卻沒想到她只是在英語書下壓著小說看。被她爸爸發現時，她低著頭不說話，一直到她爸爸和我準備熄燈睡覺時，她房間裡的燈還亮著。

距離高中考試還有四個月的時候，她自暴自棄地跟我說，她要是考不上高中就去讀高職。

那天我跟她聊到很晚，我告訴她，以前我的成績一直很好，但是當時我家的條件無法供我讀大學，再加上我母親生了大病，所以我才選擇讀師專，因為師專不僅有補貼，還能分配工作。但我曾經真的很想考大學。

不知道是不是我的話觸動了她，第二天她放學回來跟我說，她想把位置往前調，她想補一下課。我同意了，我打電話給她的班導師請求幫忙。

從那以後她開始用功了。她不停地問我題，不停地學習，後來每隔一個月的模擬考，她的成績都比前一次多一百多分。我重新看到了她讀高中的希望。高中考試成績出來的時候，她的分數壓了錄取線，這就意味著她很難報到高中。

她不在家的一個晚上，我想辦法找到了當地一所普通中學的校長，希望能錄取她，校長詢問了她的分數，很輕蔑地對我說，她的分數考得太低。我跟她爸開始不停地想辦法，意外地找到了一所很好的高中，只是以她的成績，讀那樣的高中學費會有些貴。

但她卻好像從得知高中考試成績的那一刻，便開始一蹶不振，說她不讀高中了，要去讀職校算了，她每天在家裡的活動除了玩電腦就是看小說。

那一瞬間我是真的很失望，這麼多年來，其實我曾無數次對她失望過，在她學會了撒謊的時候，在她亂花錢的時候，在她「不學無術」還自以為很個性的時候。我為她付出了那麼多，不停地拉她回正途，可是她又做了些什麼?不求上進、自甘墮落，我是那樣希望她開開心心地過完一生，可是她這麼做我又該怎麼說?我到底養了個什麼女兒?跟她吵架的時候，我甚至能被她氣得哭出來。

但我總是不停地失望，又不停地去關心她，想拉她一把。

我沒忍住，跟她講了我去求校長的事，她沉默了很久很久，跟我說，她願意去讀高中。

※　※　※　※　※　※　※　※

我就是那個女兒。

—— 真正的英雄主義，

就是在認清生活的真相後依然熱愛生活。

我知道這麼多年來，我父母付出了很多。

他們其實很愛我，雖然有時候方法並不正確，甚至表達方式帶著一種具有傷害性的偏激。

但我總覺得這麼多年來，我們之間產生的摩擦，各自都是有錯的。

我總是在等他們的一句道歉，但是我其實也欠他們一句道歉。

我相信這麼多年來，他們肯定無數次對我失望，就像我偶爾也會對他們失望一樣。

當事情沒有朝著你預想的方向走，失望感就會油然而生。

但是我也很感激，在這數不清的失望裡，我們總是在原諒和幫助彼此。我們都是含蓄又不善表達的人。可能一句「對不起」我們一生都不會說出口。但是從一言一行裡，我們都能看到彼此的付出，和拙劣地想要表達愛的心情。

其實這就夠了。

希望每一個對家人失望的人，都還能夠在失望裡看到希望。

深淵

我內心冷漠，對任何人都沒有依賴，有如一個巨大的黑色深淵。

我是一名憂鬱症患者，還摻雜著些許強迫症的症狀。

我表面上看起來非常開朗，是周圍人的開心果。從高中到大學，我都是宿舍裡話最多的那一個，脾氣好，接「哏」快。

但是只有我自己知道，我不是這樣的人。我內心冷漠，對任何人都沒有依賴感，有如一個巨大的黑色深淵。

我對與任何人交朋友很反感，討厭與別人一起上廁所。假笑都是為了維持我表面的社交活動，其實內心並不想與任何人走得太近。曾經有一個室友很喜歡我，她總是喜歡捏我的臉，出門喜歡挽著我的胳膊，我都是任她挽著，但是只有我自己知道，我被挽著的胳膊很僵硬。

她的零食大多都給了我，我被當了她比我還急。雖然現在想起來滿是感動，但當時

—— 真正的英雄主義，
就是在認清生活的真相後依然熱愛生活。

的我常常一個人陷入極大的悲傷之中，內心壓抑著嘶吼，有時候會莫名其妙的不理人。這是我大學時期的狀態，但是相較於高中時期，已經緩和了很多。

我患了憂鬱症，從來沒有人知道。我患病的表現只是偶爾爆發的倔強，讓周圍人很不解，而我平時嘻嘻哈哈的形象又會讓他們不再多想。

高中階段是病情最嚴重的時期。我的憂鬱來自家庭，父母不穩定的婚姻，生活的貧窮，母親的責罵，都讓我每日惴惴不安。

我小學時喜歡看各種各樣的書，由於家裡很窮，沒有小朋友願意和我說話。那時候的我總是穿得破破爛爛。平日裡即使是在大馬路上，我媽也是想打我就打我，想罵我就罵我。我很害怕被同學看到我媽打我的模樣，也不敢主動和別人說話，整天待在家裡找各種能看的書，小學發的那種《思想品德》、《自然》、《心理健康》課本都被我翻了好多遍。再後來，我開始向別人借書看。還記得自己四年級時，只花了一天時間就看完了一本《魯賓遜漂流記》，還是那種兩公分厚的版本，看完以後，有意思的片段我可以整段背出來。直到國二之前，只要看過一遍的書，其中印象深刻的文字我都可以背出來。後來隨著憂鬱症和強迫症的加重，我覺得自己的記憶力變得很差，整個人的注意力也開始無法集中。

當時，我覺得自己的日子過得太慘了，所以腦海中會幻想出很多場景，幻想我出生在一個有錢人家，爸爸媽媽都很愛我，有漂亮的裙子，還有很多的朋友。有時候坐在課堂上，我的腦海中就不自覺地開始幻想。這個幻想漸漸變得越來越具體，我又在腦海裡勾勒出很多的有意思的事件。那時候的我大概十四、五歲吧。

高中時文理分組，我的理科成績很差，不想學理科。可是我媽說：「你要是不學理科，就不供你讀書了。」

我當時整個人都呆住了。

那種感受，即便現在回想起來我還是忍不住想哭。我的母親，只會利用我弱小、沒有經濟能力的現狀來脅迫我滿足她的心意。

學了理科以後，物理一百分的卷子，我只考了九分。失去對學習的興趣後，我開始嗜睡，一上課就昏昏沉沉。同時我開始無法控制自己的思維，長時間陷入幻想之中。

在理科班我遇到一個人，覺得她是我人生的轉折點。

她的人生軌跡與我完全相反。她在同輩中排行最小，非常受寵，十七、八歲的她像個四、五歲的孩子一樣稚氣未脫。

她的情緒表達非常直接，喜歡誰就會熱烈地擁抱，不喜歡誰就堅決不理。

她很喜歡我，每次返校看到我都會熱烈地擁抱我。這是一種我從來沒有接觸過的熱情，讓我手足無措，受寵若驚。

這種熱情，不是那種對我笑笑然後誇我好厲害；不是禮貌性地對我說，你好可愛。而是距離我二十公尺之外看到我就會笑起來，然後結結實實地給我一個持續四、五秒長的擁抱，甚至還會抱著我蹦跳。

我從來沒有被人如此熱烈地擁抱過。我第一次意識到，原來有人會因為看到我而開心。

我沒辦法拒絕她的熱情。她笑起來的時候，眉眼完全是彎的，嘴巴咧得很大。她不會說「你很厲害，你很可愛」，而是說我笨，穿的衣服醜死了。

我和她做了一年半的同桌、一年的室友，我選擇睡下鋪，她就說，我要睡在你的上頭。她晚上睡覺前會說一句，我睡覺啦。有時候惹她不開心了，她就在上面踢床板。喝水的時候、要遞東西的時候，她就會拖長了聲音喊我的名字。冬天的時候，她會抱著被子下來和我一起睡，她抱著我的胳膊，我喜歡這種被依賴的感覺。那時候的日子還是很美好的，雖然我受著憂鬱症的折磨，但是日子還是簡單充實的。

她是個很可愛的朋友，可是在她高一的時候，她的爸爸檢查出癌症，家中經濟頓時失去依靠。原本她很愛吃西瓜，但高二暑假她一整個夏天都沒吃過西瓜。她姐姐回家的時候她還委屈地哭了。你看，一個從小被家裡呵護著長大的小朋友，知道家裡經濟拮据，就不再提自己想吃西瓜的事，可是最終還是委屈地哭了。

我直到高二都沒吃過幾次西瓜。有次暑假我媽買了一個西瓜，十幾塊錢，被當作金子似的放在冰箱裡，吃的時候只切一小塊，每個人都切得差不多大，不能切多了，否則會挨罵。要是沒吃到白皮就扔掉，還會被我媽痛罵浪費。我不禁感嘆，原來真的會有人因為沒吃西瓜而委屈地哭了。我媽要是能心平氣和地給我五十塊錢（大概是二〇一二年左右一個星期的生活費），我就很感恩戴德了。有時候拿錢，還會伴有「成績這麼差，還好意思拿錢」、「辛辛苦苦供你讀書，考得這麼差」、「你活著有什麼用」之類的罵聲。有時候我買個什麼東西，只剩下三十塊錢，星期四中午就開始不吃東西了，只在週五早上吃一頓，剩下的等到回家再吃。

她媽媽每個星期至少有一天，會在中午騎半個小時的摩托趕過來送飯給她吃。每次她媽媽過來，我都會發出羨慕的感嘆。這樣的女人，在丈夫生病沒有經濟來源時，依然可以處理好自己的情緒，不遷怒別人，還能照顧好女兒的情緒，我真的太羨慕了。

說得太遠了，大家可能還沒理解我想表達什麼意思。

我想表達的是，她從不相信我有憂鬱症。我第一次慎重而坦誠地告訴她：我經常不開心，我很難過。

她愣了兩秒，然後捧腹大笑，說：「你剛剛這個最好笑，你居然還會有不開心的時候！」那一瞬間我百感交集，內心其實很失望。我非常渴求有一個人能夠理解我，聽我訴說，但是沒有，就連我最信賴的她都沒能理解我。

但是事情過去這麼多年了，回想起來，這樣也是很好的。

她家庭和睦，情緒表達直接，但對人情世故，對需要做決定的大事，她總是會顧全大局，處理事情的能力遠遠比我強。

她從來不遷就我的情緒，每當我陷入煩躁，開始抱怨的時候，她老是直接對我抗議。在討論某件事情，我的想法很消極的時候，她就會當場指出我的想法很可怕；當我陷入某種情緒，不想理她的時候，她就一直鬧、一直撒嬌；我不想幫她拿東西的時候，她就一直誇我，給我戴各種高帽子。我要是不幫她，她可能會連續誇我兩個小時，沒有任何的不耐煩，一直笑意盈盈，誇得我整個人都受不了。這樣軟軟的她讓我怎麼拒絕。我在做一個決定，很自私沒有考慮別人的時候，她就會很生氣，問我怎麼這個樣子；我開始訴苦抱怨的時候，她就直接打斷，讓我措手不及——「你能不能不要這麼悲觀，絮絮叨叨的像個老奶奶，趕緊說個笑話。」

每當這時，即使我內心深處還是很傷心的，但還是會依著她，開開心心地說個笑話。

還有太多太多類似的事。她的「三觀」正、脾氣大，從不包容我的錯誤與陰鬱。

她的笑容與憤怒相互交替，她的情緒總是直觀地告訴我，這樣做是對的，那樣做是錯的。

每當憂鬱情緒來襲，我總會被她罵；每次我表現出自己本該有的樣子時，就會被她擁抱。我貪戀她的笑臉和溫暖，所以我努力調整自己，努力讓自己開心，做事逐漸學會考慮別人，努力縮小憂鬱情緒存在的空間。

這裡，我想提出一個觀點：

憂鬱症是「黑狗」。

病人是一個人。

家人和朋友，陪伴鼓勵的應該是這個「人」，而不是「黑狗」。

屬於人的正常情緒出來的時候，身邊的人應多給予鼓勵和陪伴，尤其是擁抱，這種肢體接觸最有力量。

當「黑狗」冒出來，病人開始絮絮叨叨的時候，會很消耗別人的耐心與愛心。此時作為朋友無須忍耐，可以直接打斷表示不想聽，或是讓病人自己冷靜一下。

要陪伴那個「人」，無須接納那個黑暗冷漠抱怨的形象，因為這不是「人」的真實面。

總之，請給這個人無限的愛和鼓勵，但可痛打「黑狗」。

當然，這只是根據我自己的切身體會闡發，並沒有科學論據。對於病情嚴重的病人，還是要密切關注。

她的存在，極大地延緩了我病情的發展，自從上了大學遠離父母以後，我的病情開始逐漸好轉。很多次難過的時候，我就想像她的笑臉，每當我無法做決定的時候，就會想如果她在這裡會怎麼做。

我逐漸變成她的模樣，笑起來眼睛成了一條縫。

我學習她的口氣軟軟地撒嬌，我的審美也向高中時期的她靠攏。

我會大膽地對不喜歡的事和人說「滾蛋」，也努力地去嘗試熱烈地擁抱我喜歡的人（雖然做到這點真的好難）。

做決定的時候，我會想著怎麼做對大家都好，也學會了表達自己的情緒和需求，對服務生甜甜地說「謝謝你」。

我學會了示弱，面對誇獎也會裝作害羞地笑。

我不再是那個木訥的、呆呆的自己，面對人際交往，也不再是十三歲時手足無措的模樣。

最後，我們不是同性戀，現在的聯繫也少了，但她存在於我的生命裡，從某種意義上改變了我，給我帶來了生活的另一種可能性。可以說，是她塑造了今天的我。

今年她的寶寶一歲啦，可惜我對她老公無感，結婚時給了她一千兩百元的紅包，還特地備注了一下：「這個錢是給你的，你要是給你老公用了，咱倆就絕交。」

我現在也有穩定的男朋友啦，生活很開心。

祝所有憂鬱症患者的病快快好起來，所有陪伴他（她）的小天使們也要開開心心。

你還在想前男友？

「渣男」就是「渣男」，裂痕還是裂痕，不合適還是不合適，
回頭只會打亂你的生活，只會干擾你練金鐘罩。

分手後，我從天天以淚洗面到恢復正常生活，花了八個月的時間。

結果只是跟前男友通了個電話，那些咬著牙過來的日子瞬間全部白費了。

在此期間，我努力改掉了很多壞習慣，學習了新的技能，交了新的朋友，按時吃飯，再煩躁也不抽菸，難過就聽聽歌、找人吐吐槽，總會有解決的方法。我覺得自己的日子好像變得更好了，原來沒有什麼困難是過不去的。

我跟好朋友打趣：「老娘現在有多牛，早就忘了『劈腿狗』。」

兩個月後的一天早上，我開機後收到了幾則簡訊，內容顯示前男友凌晨打了三通電話給我。我立刻刪掉，然後鎖定螢幕去洗漱上班。

結果一整天我都在不停地折磨手機，一會兒開飛行模式一會兒關機。

下午，電話終於響了。我將手機上顯示的號碼拿到同事面前一臉鄙夷地說：「昨晚就開始打我電話，有病。」

前男友打了三通電話我都克制住沒接，直到看見他發來的一則寫著「車丟了，我求求你接電話吧」的簡訊。

……

那輛白色「山葉JOG」是我們談戀愛的第二年一起買的。騎著這輛車，我們幾乎穿越了整座城市。

以前我總是衝他發脾氣，常常在路上怒目相向，每次經過我們前次吵架的地方，還會指著那個地方說：「我的傷心地。」

他總是會接上一句：「那也是我的傷心地好嗎！」真是個倔脾氣。

有一次我生氣，他騎車來找我，路上騎得太快，拐彎直接側滑摔倒了，全身上下都是擦傷。當時車子剛換了一副鯊魚板，前一秒還帥到沒朋友，後一秒就被摔得面目全非。我看到他的樣子嚇得不輕，在回去的一路上都不敢讓他騎快，邊哭邊說我們再也不吵架了。回家後，兩個人在院子裡花了兩、三個小時將車子換回原裝外殼，結果差點被蚊子叮成兩個包子，還樂此不疲。

收到他簡訊的一瞬間，這些回憶的畫面又湧了出來，我難過得不能自已。

嗯！車丟了！

我哽咽地回了一則訊息：「人都換了，車也該換了。」

自從與他分手，我每天下班回家也改變了習慣的路線，選擇從小路走，為的就是避免跟前男友以及任何與前男友掛得上鈎的人碰上。前男友喜歡的東西我都盡量避開，每一天都過得很刻意，刻意地避開有關他的一切。

然而每隔十天半個月，他就會打個電話或者發個簡訊來，每次他的電話鈴聲響起來，我都任由它響，直到自動斷線。

有一天中午我剛睡醒，一臉起床氣，電話就響了。我順手接起來問他：「你到底想幹嘛？」

「我想你。」（我現在打完這段對話都想笑。）

那天中午他喝了點酒，一直對著電話哭，結果他哭我也跟著哭。他問我為什麼一直見不到我，為什麼我一直不接電話不回簡訊。

我冷笑。是你要「劈腿」的，你現在反倒問我？

我發現所有前任回頭找你時，說的話都是同一款，無非是他不開心，很後悔，很想你，忘不掉你云云……

敢問他小日子過得風生水起的時候會想到你嗎？

這期間朋友一直叫我掛電話，朋友說：「他說他忘不掉你是不是？那叫他跟現任女友分手啊，你們聊了一個小時，我就只聽見他嗷嗷哭了一個小時。」

不知道是不是只有我這樣，當時被劈腿的時候我毅然決然地選擇分手，沒轉身看一眼，管你是和我談了七年還是十七年。但是後來每當他聯繫我一次，我的防線就又後退了一步，彷彿整個人好不容易練起來的金鐘罩正在一點點瓦解。

聖誕節晚上，我喝得有點醉。回家路上我撥了他的號碼，同時在心裡跟自己約定只能打一通電話給他。

沒人接。

我沒忍住，又打了三通。都沒人接！

第二天，他回了電話給我。我不得不承認，其實我一直在等他這通回電。

晚上十一點，我打著哆嗦下樓，看到了我的這位半年多沒見的前男友。我站著一言不發，卻聞到了那股熟悉的味道，哽咽到說不出話來。

他一把摟過我說，胖子啊，見到你真好。

我努力掙脫他，還是不說話。

他說胖子，我沒吃飯，你陪我吃個飯吧。

我還是不說話。他拉著我，把我塞進車裡。我一路都沒跟他講話，不是我想說，是怕一張嘴就會被他聽出全部的心事……

說實話，我當時想起看過的那些「雞湯文」，不是都說什麼兩個人分手後再也回不去了嗎？然而我當時滿腦子想的卻是，真好！看到他真好！他回來真好！全是這種念頭！

然後我們復合了，他過起了同時有兩個女友的日子，我過著「被小三」的日子（攤手）。

他說因為和目前女友雙方已經見過家長了，所以分手不是他一個人能決定的事，有點難解決，但是他一定會解決掉的。我只是笑笑，一臉溫柔地說沒事，我怕你為難，不行我們還是回去各過各的吧。

他一臉堅決：「不行！我不要再跟不喜歡的人一起了！」（現在想起來，我的這位前男友的演技還真是一流啊。）

我甚至一度覺得，肯定是因為我之前太無理取鬧了，他才會劈腿。所以這次復合後，我一改往日的小女生作態，變得善解人意溫柔體貼。

事實證明這並沒產生作用。

那陣子，我們相處得非常好，從不吵架，他幾乎天天黏著我。換作以前可是我怎麼求他，他都不會有時間陪我看電影吃飯的。

他每天接我下班，我們一起去超市買菜、買冷凍牛排、買紅酒……我們還會一起去朋友家吃飯，一起看電影……

大年三十，他現任女友打電話給我的時候，我正在外地。接起電話，我冷冷地說：「想知道我跟ＸＸ是什麼關係，你自己去問他嘍。」

可是過了初五，他也沒再聯繫我。我慌了，翻遍了那女生的微博，眼淚止不住地往下掉。朋友安慰了我一下午，我還記得朋友說：「你怎麼弄得像又失戀了一樣。」

後來我反應過來，對啊，我只是又被騙了一次而已，還真以為是在跟他談戀愛嗎？

我發了簡訊給他，說謝謝你這陣子的照顧，再見。

他依舊叫我等他。

後來我也看透了，知道他一直在騙我。但這是我自己犯傻，還能怪誰呢？

後來他還在一直糾纏我，即使把證據放他面前，他也不承認自己是在騙我。

那天我真的發火了，被同一個人騙了一次又一次，對方還是與我有那麼多年感情基礎的人，我真的不懂他為什麼這麼做。

他站我面前說：「打我吧，我應得的。」

我沒想到我竟然真的下得了手！

可能是因為已經忍了太久，我甩手朝他的臉就是一巴掌，打得我手發麻。

我聲音顫抖著問他，為什麼要騙我兩次？他答不上來。我氣不過，甩手又打了他好幾巴掌。隨後我撥通了他女友的電話，把所有事情講了出去，當天晚上甚至鬧到警察出面。

我記得當時我爸背對著路燈看著我，我看不到他的表情，只能看到他點著的菸。

我爸問我：「這就是你愛的人？噁不噁心？」

再後來，我跟他的現任女友莫名成了朋友，有天晚上我們碰到了，聊了三個多小時，按時間順序把所有事情順了一遍，真相就是那男的一直在兩邊騙、兩邊哄。

又過了兩個月，這女生懷孕了，天天在微博上發孕吐心得，有一天還放了張婚紗照，看到照片，我的心裡「咯噔」一下……

知道他女友懷孕的那天，我跟朋友相約去看電影。螢幕上放的明明是部動畫片，我卻痛哭流涕，一邊哭一邊說，這電影真感人啊！

如果你也在糾結與前任該不該聯繫這件事，或許你跟我的情況差不多，心裡肯定還有不甘，肯定放不下這個人。你在反思是不是自己從前的錯誤逼走了對方；是不是他也變了，他也在想念你；是不是當時提分手太衝動，是不是「劈腿」還可以改正，甚至可以被原諒……

然而這些想法並沒有用！

「渣男」就是「渣男」，裂痕還是裂痕，不合適還是不合適。你再次回頭只會打亂你的生活，只會干擾你修煉「金鐘罩」。

你要是問我後不後悔復合，我會說不後悔。因為如果不是這樣，我也不會明白我現在所講的道理。

所謂復合，就是把所有的傷心難過和傷害全部重新經歷一遍，你確定你能承受得住？

有時候在想，我究竟愛的是這個人，還是愛這個人帶來的回憶，或是愛自己與這個人在一起的習慣。何必對自己這麼狠，狠到連曾經捅自己一刀的人都能原諒，已經吃過的虧也願意重新點餐再裝盤。

別聯繫前任，別讓這個人擾亂你。

我們不是都坐過公車嗎？請記得這一班走了，後面還會有無數班！你隨時隨地都會遇到可愛、有趣的人，也會覺得一個人生活也很好，自己還有很多事可以做。

世界那麼大，你居然還在想著前男友？

女孩，人都是自私的，你也要為自己著想。請照顧好自己。

高寶書版集團
gobooks.com.tw

高寶文學 060
#匿名故事區
作　　者　匿名用戶
特約編輯　鄭椀予
助理編輯　林子鈺
封面設計　林政嘉
內頁排版　賴姵均
企　　劃　何嘉雯

發 行 人　朱凱蕾
出　　版　英屬維京群島商高寶國際有限公司台灣分公司
　　　　　Global Group Holdings, Ltd.
地　　址　台北市內湖區洲子街 88 號 3 樓
網　　址　gobooks.com.tw
電　　話　(02) 27992788
電　　郵　readers@gobooks.com.tw（讀者服務部）
　　　　　pr@gobooks.com.tw（公關諮詢部）
傳　　真　出版部　(02) 27990909　行銷部 (02) 27993088
郵政劃撥　19394552
戶　　名　英屬維京群島商高寶國際有限公司台灣分公司
發　　行　希代多媒體書版股份有限公司 /Printed in Taiwan
初版日期　2021 年 4 月

原書名：匿名區
中文繁體版由北京鳳凰聯動圖書發行有限公司與江蘇鳳凰文藝出版有限公司授權英屬維京群島商高寶國際有限公司臺灣分公司獨家發行。

國家圖書館出版品預行編目 (CIP) 資料

匿名故事區 / 匿名用戶著 . -- 初版 . -- 臺北市 :
高寶國際出版 : 高寶國際發行 , 2021.04
面 ;　公分 . -- (高寶文學 : 060)

ISBN 978-986-506-061-9(平裝)

857.61　　110003809

本作品中文繁體版通過文化部核准文化部部版臺陸字第 110036 號。

凡本著作任何圖片、文字及其他內容，
未經本公司同意授權者，
均不得擅自重製、仿製或以其他方法加以侵害，
如一經查獲，必定追究到底，絕不寬貸。
版權所有　翻印必究

GOBOOKS
& SITAK
GROUP ©